Rudolf Presber

Der Schatz in der Tüte

Salzwasser

Rudolf Presber

Der Schatz in der Tüte

1. Auflage | ISBN: 978-3-84607-775-7

Erscheinungsort: Paderborn, Deutschland

Erscheinungsjahr: 2015

Salzwasser Verlag GmbH, Paderborn.

Nachdruck des Originals von 1918.

Rudolf Presber

Der Schatz in der Tüte

Salzwasser

Der Schatz in der Tüte

Allerlei Fröhliches aus ernster Zeit

von

Rudolf Presber

Zeichnungen von Karl Holtz

Die Barfüßeles.

Die Barfüßeles

In den Schuhläden liegen jetzt entweder Zitronen aus — die liegen überall — oder Holzpantinen. Wie sie sonst die Kuhmägde tragen. Jetzt, wo die Kühe nicht da sind — oder warum krieg ich s o n s t keine Milch mehr zum Kaffee? — sollen die Damen vom Kurfürstendamm Holzpantinen tragen.

Ob sie's tun werden? Ich kenne einen Mann, der mit einem Köfferchen viel am Kurfürstendamm verkehrt, der sagt: nein. In dem Köfferchen sind viel kleine Messer; und dem Mann geben viel Damen vom Kurfürstendamm zwar nicht die Hand, aber den Fuß. Er sitzt dann auf einem Schemel und hat ein weißes Tuch über den Knien ... Oh, es ist ein sehr geschickter Mann, und er weiß Bescheid.

Immerhin, der Stadtrat von Zittau hat die gesamte Bevölkerung ermahnt. Er weist dabei darauf hin, daß der Mangel an Leder und Schuhwaren im kommenden Winter sehr groß sein wird. Den Schuhwarenhändlern könne nur ein ganz geringer Teil des Friedensverbrauchs zugewiesen werden. So las ich's aus Zittau. Und in Göttingen gehen schon Studenten barfuß. Und in einem mitteldeutschen Bade ging schon vor acht Wochen eine alte Dame, die sonst viel Schmuck trug, ohne Schuh und Strümpfe auf der Kurpromenade. Das hab' ich selbst gesehen. Ich hab' aber rasch wieder weggesehen.

Und natürlich ist auch schon ein Professor auf dem Plan, der schreibt und mahnt und beweist: man soll nicht barfuß gehen. Denn das ist immer so. Wenn erst hitzig gesagt wird von Behörden und Enthusiasten und Neuerern und Patrioten: „Du sollst etwas" — dann kommt allemal ein Professor und schreibt und errechnet und beweist: daß es unser Tod ist, wenn wir ... So war das schon mit den Steckrüben — die eigentlich Streck-Rüben heißen sollten. Nicht „au" sagen; denn die Wahrheit tut nicht weh. — „Eßt Steckrüben!" mahnten die Magistrate und Ernährungsämter und Grünkramhändler und Hausfrauenvereine und Volkswirtschaftler. Da kam ein Professor und schrieb und ermahnte und bewies: in den Steckrüben ist ein Gift — und das benannte er lateinisch — und eigentlich müßten wir alle schon tot sein, weil wir so viel Steckrüben gegessen hätten.

Wir sind aber nicht tot. Sondern wir gehen barfuß. Wie die Englein über die Wolken. Nicht ganz so leicht wohl und nicht ganz so hübsch anzusehen. Aber wir werden's tun, obschon ein Professor jetzt geschrieben hat: wir können uns den Tod holen; denn wir treten in Glas und in rostige Nägel und in altes Eisen und in Klamotten und in Porzellanscherben. Und dann bekommen wir Blutvergiftung, oder der Tetanus-Bazillus setzt sich in die Wunden. Es ist sehr schrecklich zu lesen. Und wer nicht an den Steckrüben gestorben ist, der stirbt an den bloßen Füßen.

Aber eh' ich so oder so sterbe, will ich noch eine Geschichte erzählen. Die fällt mir immer ein, wenn ich von bloßen Füßen höre oder wenn ich abends die Strümpfe ausziehe.

Ich hatte vor Jahren einen sehr lieben Freund, und der hieß August, und er heiratete eine kleine rundliche Frau mit Wangengrübchen, die immer lachte; so schön fand sie das Leben und so sehr liebte sie den August. Und ich hatte einen anderen Freund, der aber den August nicht kannte, und der hieß Heinrich. Und der Heinrich hatte eine blasse schlanke Dame geheiratet, die war aus sehr guter Familie und trug einen Kneifer. Und wenn sie den Kneifer verlegt hatte, dann war sie sehr hilflos und rief immerzu nach dem Heinrich; denn sie sah sehr schlecht, wie das gerade in sehr guten Familien oft vorkommt.

Und eines Tages besuchte mich der Heinrich und sagte: „Denke Dir, Rudolf, wir haben in der Mozartstraße gemietet, eine reizende Wohnung, sechs Zimmer mit Bad und so. Ein ganz neues Haus. Nummer 5, erste Etage. Meine Frau richtet schon ein. Ein Gärtchen ist auch dabei."

Und am andern Tag begegnete mir der August, und der sagte: „Denke Dir, Rudolf, wir haben in der Mozartstraße gemietet, eine reizende Wohnung, sechs Zimmer mit Bad und so. Ein ganz neues Haus. Nummer 5, zweite Etage. Meine Frau lacht den ganzen Tag vor Vergnügen. Und ein Gärtchen ist auch dabei."

„Donnerwetter", sagte ich. Das äußere ich immer, wenn ich mich freue. „Da ziehst Du ja in dasselbe Haus, wie mein Freund Heinrich!"

Er erinnerte sich sofort, daß ich ihm schon viel von

dem Heinrich erzählt habe und bat mich, Grüße überbringen zu dürfen; denn sie wollten gute Nachbarschaft halten.

Und er hat die Grüße überbracht; und auch der Heinrich hat sich sofort erinnert, daß ich ihm schon viel Gutes von dem August erzählt habe. Sie haben dann französisch gesprochen, indem sie feststellten: nos amis de nos amis ... und dann haben sie wieder deutsch gesprochen und ihre Familien geholt. Und die kleine rundliche Frau mit den Wangengrübchen hat über's ganze Gesicht gelacht, so nett fand sie den Heinrich und seine liebe Frau. Und die Frau vom Heinrich hat ihren Zwicker aufgesetzt und noch einen Zwicker darüber und hat gesagt: sie findet die kleine Frau, die immer lacht, allerliebst, und der August sei ein charmanter Mann.

Dann haben sie alle vier gesagt: sie wollten gute Nachbarschaft halten; und das ginge auch sehr schön, denn sie seien ja alle vier jung und hätten das Leben lieb. Und die Frau vom Heinrich setzte ihre beiden Zwicker ab und fügte hinzu: „Und aus guter Familie."

Und August stellte auch seinen Hund vor, das heißt eigentlich war es seiner Frau ihr Hund. Er hieß Butzelchen und hatte keinen Stammbaum und keine Rasse, aber ein Halsband mit Glöckchen daran. Und Heinrich streichelte das Butzelchen und sagte: Die Hunde ohne Rasse seien immer die gelehrigsten, habe er gehört. Das hatte nun freilich seine Frau nicht gehört; denn auch bei den Hunden ist oft der Stammbaum maßgebend. Immerhin, als sie die beiden Zwicker wieder aufgesetzt hatte, fand sie

Butzelchen sehr niedlich. Und die kleine rundliche Frau mit Wangengrübchen freute sich, daß Butzelchen, auch durch zwei Zwicker betrachtet, so gut bestehen konnte.

Und August sagte: er sei froh, daß die Heinrichs das Butzelchen so nett fänden; denn es gäbe unbegreifliche Menschen, die seien nicht hundelieb. Wie man das nur sein könnte! mißbilligte August. Aber die Dame aus der sehr guten Familie bestätigte, es gebe solche. Aber man müsse die Liebhabereien der Mitmenschen achten.

Das müsse man, bestätigte August. Worauf Heinrich auf die Eigentümlichkeiten mancher Menschen zu sprechen kam. Er habe mal in einem Hause gewohnt, da habe in der Wohnung über ihm ein alter Herr stets von elf bis halb ein Uhr nachts Violoncell gespielt. Da habe er nicht schlafen können, und da alle freundlichen Briefe nichts genützt hätten, habe er um dieselbe Zeit unten Pistolen geschossen. Das habe genützt, und der Herr habe nun am Tage anderthalb Stunden Violoncell gespielt.

Ob die Heinrichs auch Eigentümlichkeiten hätten, fragte die kleine rundliche Frau mit Wangengrübchen. Nein, die hätten sie nicht. Oder doch. Sie seien überzeugte Kneipperianer. Und jeden Morgen, vor dem Frühstück, gingen sie eine halbe Stunde barfuß im Garten spazieren. Deshalb hätten sie auch just in der Mozartstraße gemietet, weil hier „Gartenbenützung" im Kontrakt stehe. Die Augusts geniere das doch wohl nicht, daß sie, die Heinrichs, morgens vor dem Frühstück barfuß ...?

Aber nein! Die kleine rundliche Frau mit Wangengrübchen fand das sogar sehr lustig. Und Heinrich sagte: jeder müsse nach seiner Fasson gesund bleiben.

Da streichelten die Heinrichs noch einmal das Butzelchen, drückten den Augusts die Hand und verabschiedeten sich als gute Nachbarn.

Das Butzelchen aber hatte auch sein Recht auf Gartenbenützung. Und jeden Morgen ließ das Käthchen — das war den Augusts ihr Mädchen für alles, auch für das Butzelchen — das liebe Hündchen ohne Stammbaum und Rasse, aber mit einem Glöckchen am Halsband, gleich wenn das Käthchen aufgestanden war, in das Gärtchen. Dann begab sich das Butzelchen auf einen der Wege und setzte sich eine Weile auf den gelben Kies, oder es sprang auf den grünen Rasen und tat dasselbe. Und jedesmal machte das Butzelchen ein sehr unglückliches Gesicht dazu. Dann aber sprang es plötzlich vergnügt davon, warf ein paar Pfoten voll Sand oder Grasbüschel hinter sich und bellte, wie eben Hündchen tun, die sich einer guten Tat bewußt sind. Und dazu läutete das Glöckchen.

Eine halbe Stunde später — das Käthchen und das Butzelchen waren schon wieder drin — kamen der Heinrich und seine liebe Frau aus ihrer Etage heruntergestiegen und begannen barfuß zu lustwandeln. Genau, wie's der selige Pfarrer Kneipp, der ein frommer und kluger Mann war, vorgeschrieben hat. Und die Dame aus der sehr guten Familie ging etwas hochgeschürzt — aber durchaus elegant — und hatte ihre beiden Zwicker oben gelassen. Denn im Gärtchen, das bloß zwei Kieswege hatte und zwei kleine Rasenflächen, konnte man sich nicht verirren. Und dafür, daß sie nicht wider die alte Platane oder den jungen Kirschbaum rannte, war ja der Heinrich persönlich dabei. Aber als sie so das zweitemal über den Rasen wandelten, an der alten Platane vorbei auf das junge Kirschbäumchen zu und über Hugo von Hoffmannsthal sprachen, da sagte die Dame: „Ich weiß gar nicht, was das ist — ich trete da in so etwas Glitschiges —"

Aber der Heinrich wußte es, denn er war vorhin schon in dasselbe getreten.

Und als er ihr's sagte und auch die bestimmte Vermutung äußerte, daß Butzelchen hier vor ihnen gelustwandelt haben müsse, wurde sie sehr böse und befahl ihm, grünes Laub abzureißen. Sie setzte sich auf eine Bank, und Heinrich mußte tun, was ihm nicht lieb war.

Sie sprachen nicht mehr über Hugo von Hoffmannsthal an diesem Vormittag. Aber sie sprachen von Butzelchen. In recht abfälligen Ausdrücken sprachen sie von Butzelchen.

Dann setzte sich die Dame ihre beiden Zwicker auf und schrieb einen Brief an August und Augusts Frau. Aber Heinrich zerriß diesen Brief, weil er ihm nicht höflich genug schien. Und er schrieb einen höflicheren, in dem er sagte: sie hätten bereits darauf aufmerksam gemacht, daß sie Anhänger Kneipps seien ... und die Gartenbenützung in diesem Sinne sei ein wesentlicher Teil ihrer Rechte als Mieter ... und er mache höflich darauf aufmerksam, daß das Butzelchen just auf diesem

Schauplatz ihrer hygienischen Betätigung in einer Weise seiner Natur freien Lauf lasse, die ... Und außerdem sei seine liebe Frau sehr kurzsichtig. So ungefähr schrieb er.

Und dann bekam er einen Brief Augusts zurück. Darin stand: Das Butzelchen sei ein lieber Hund und ein sehr kleiner Hund. — Es gäbe Ulmer Doggen und Neufundländer, die denn doch ganz anders ... darauf wolle er hinweisen ... Und auch er habe das Recht auf Gartenbenützung und die ausdrückliche Erlaubnis im Kontrakt, sich „einen Hund kleiner Rasse“ zu halten ... daß aber selbst solche kleine Hunde gewissen natürlichen Bedürfnissen unterworfen seien, das wisse der Vermieter und er; und wohl auch Herrn Heinrich und seiner Gattin sei diese Kenntnis nicht fremd. Und die geehrte Dame möge sich einen Zwicker aufsetzen, wenn sie im Garten barfuß gehe. So ungefähr schrieb er.

Der nächste Morgengang des Ehepaars nach Kneipp brachte leider noch trübere Erfahrungen. Und da das Butzelchen persönlich noch im Garten anwesend war, so warf Heinrich in seinem Ärger mit einem Kieselstein nach ihm. Und obschon er das Butzelchen nicht traf, schrie und heulte dieses, als ob ihm die Niere herausgeschnitten würde. Dieses aber hatte die kleine rundliche Frau mit den Wangengrübchen zufällig vom Fenster aus gesehn. Und sie lachte gar nicht, sondern sie weckte mit herber Klage den August, der noch im Bette lag und schlief, weil er den Abend zuvor Maibowle getrunken hatte.

Wenn aber August am Abend zuvor Maibowle getrunken hatte, dann war er am andern Morgen allemal unsanft aufgelegt. Und so schrieb er einen leider recht groben Brief an Heinrich und drohte mit der Polizei und dem Tierschutzverein.

Die Antwort auf dieses Schreiben hatte die Dame aus sehr guter Familie selbst entworfen. Sie tadelte darin einen Mangel an Bürgersinn und Anstand und versprach, die Beurteilung einer derartigen Handlungsweise allen wirklich Gebildeten zu überlassen.

Acht Tage später schrieb der Justizrat Tulpenthal an den Rechtsanwalt Meyer III in dieser Angelegenheit; und der Rechtsanwalt Meyer III blieb dem Justizrat Tulpenthal die Antwort nicht schuldig.

Vierzehn Tage später erwiderte Frau August meinen Gruß nicht mehr auf der Straße, obschon ich zu Butzelchen gar keine Beziehungen unterhielt, auch nicht mit Steinen nach ihm geworfen hatte. Allerdings ich mochte ihn nicht, aber dies war dem Butzelchen ebenso unbekannt, wie dem Ehepaar August. Und drei Wochen später betrachtete sich die durchaus kinderlose Frau Heinrich eifrig die Auslagen eines Spielzeugladens durch ihre beiden Zwicker, als ich sie gerade grüßen wollte.

Ich bin heute mit beiden Familien ganz auseinander. Butzelchen ist längst unter eine Elektrische gekommen. August wohnt nicht mehr in der Mozart-, sondern in der Kluckstraße. Heinrich hatte ein eigenes Haus bezogen in einem Vorort. Er wollte seinen eigenen Garten. Soll aber bereits aufgeregte Briefe mit einer Nachbarin wechseln, die einen Angorakater besitzt.

Der Prozeß zwischen August und Heinrich — oder

eigentlich schon der dritte — schwebt noch in irgendeiner Instanz.

Ich aber muß immer, wenn ich von Barfußgängern höre oder lese, oder gar welche sehe, an meine verflossenen Freunde August und Heinrich denken.

So ist's mir passiert, daß mich gestern erst auf der Tauentzienstraße ein sehr eleganter Herr stellte und mich anranzte: „Sie haben meine bloßen Füße fixiert, mein Herr — und haben gelacht!"

„Doch nicht," sagte ich freundlich berichtigend, „ich habe nicht über Sie gelacht. Wirklich nicht. Bloß über Butzelchen."

Denn so bin ich; ich lache manchmal über Dinge und Menschen und Hunde, die längst unter die Elektrische gekommen sind, oder sonstwohin.

Der Weltverbesserer

Der Rentier Fridolin Gschaftelhuber klopfte an der Himmelstür.

Petrus sah an dem Pförtnerfensterchen heraus: „Gefallen auf dem Felde der Ehre?"

„Nicht ganz. Ich bin schon weit über die Altersgrenze gewesen — und eben dann gestorben im Bett."

„Kommt auch noch vor", sagte Petrus; aber er war nicht sehr freundlich. Er mochte in dieser Zeit die im Bett Gestorbenen nicht so recht.

Der Rentier Fridolin Gschaftelhuber blinzelte in die lieben Sterne. „Ei ja," sagte er, „wenn man grad da unten die Augen für immer zugemacht hat — und dann hier all' den Glanz . . ."

„Es gewöhnt sich," tröstete Petrus, „wenn Du erst mal eine Woche oder zwei da bist, kommt Dir's gar nicht mal heller vor, wie da unten. So — und nun geh' die Milchstraße lang und sieh' zu, was Du von Bekannten findest. Einer hat gestern schon nach Dir g'fragt, ein Doktor mit einer blauen Brille . . ."

„Ja, das ist mein Hausarzt," lachte der Rentier Fridolin Gschaftelhuber, „der wundert sich halt, wo ich so lang' bleib' — weil er mich doch behandelt hat . . . Aber den find' ich fein noch später. Die Ewigkeit ist lang und so amüsant is der Doktor gar nit. Aber, Herr Petrus, ich muß gleich einmal den lieben Gott sprechen."

„Nanu — das wird schon Zeit haben, bis Er Dich rufen läßt!“

„Nein“ — der Rentier Fridolin Gschaftelhuber wischte sich den Schweiß ab, denn ihm wurde ganz heiß vom Reden, „nein — gleich muß es sein. Es ist eine dringliche Angelegenheit, die keinen Aufschub duldet.“

Petrus runzelte die Stirn: „Du hast doch hoffentlich nicht eine Idee mitgebracht zur Weltverbesserung —?“

„Und wenn ich hätt' ...?“

„Jemine! Da kommen fünfzig Prozent da herauf — bis sie sich dann die Welt mal ein bissel von hier oben ang'sehn haben. Weißt, da präsentiert sich die Sach' schon anders. Dann setzen sie sich bald ganz still hin — auf einen schönen, blanken Stern — und reden gar nix mehr und singen mit den Engelein.“

„Nix is! Die Ewigkeit is lang — ich kann nachher noch viel singen. Aber zuerst muß ich den lieben Gott sprechen — —“

„Was willst denn von Ihm?!“

„Also, Petrus, Dir kann ich's ja sagen. Und dann wirst Du selbst einsehen, daß ich Ihn sprechen muß ... Also paß' auf. Du weißt, da unten is Krieg, und sie stehen und schießen wie wild aufeinander. Uns Deutsche aber — ich bin nämlich ein Deutscher, verstehst —“

„Was Du nit sagst!“

„Ja. Also uns Deutsche haben sie dann noch aushungern wollen dazu. Aber, verstehst, da haben wir alles, was wir gehabt haben, fein eingeteilt: die Ernte und das Obst und die Schweinderl und das Fett und — —“

„Ich weiß schon. Da hat's denn solche Karten gegeben mit Abschnitt . . . Hier aber is nämlich ein Museum für irdische Kuriositäten, ja. Da haben sie jetzt ein besonderes Zimmer für all' die Karten . . .“

„So — dann weißt Du also schon . . .?“

„Also — das ist eine Frechheit! Der liebe Gott weiß alles, und ich weiß — fast alles.“

„Alsdann wirst Du verstehen, was ich will. Die Karten, siehst Du, die verhüten, daß mehr, als absolut notwendig ist, weggenommen wird vom Brot und vom Speck und von den Pflaumen — und so.“

„Gut is.“

„Freilich is gut. Aber nu hab' ich mir gedacht: hier heroben da werden die ganzen Völker angeschaut und behandelt, wie da unten der einzelne Mensch. Nun wollt' ich dem lieben Gott vorschlagen, daß er für alle Völker Kriegs- und Blutkarten einführen tät . . .“

„Ja, was sollen denn —?“

„Sehr einfach. Auf so eine Karte kann ein Volk — sagen wir — einmal in hundert Jahren einen Krieg führen. Nicht öfter. Und mehr als so- und soviel Blut darf in einem Krieg nicht vergossen werden . . .“

„Ja, muß denn überhaupt Blut — —?“

„Tu nicht so, Petrus! Grad Du hast doch dem römischen Kriegsknecht ein Ohrwaschel abgehauen! Nur eins. Aber abgehauen — mit dem Schwert.“

„Ja — ja. Ich versteh' ja auch schon. Aber mit den Karten das — Wir haben hier oben schon genug Rechnerei! Immer die Sterne zählen und die Kometen rechtzeitig daherholen — und all so was. Und jetzt noch Kriegs- und Blutkarten?! Ich glaub' als, Fridolin Gschaftelhuber, das überlegst Du Dir noch einmal —?!"

„Nix überleg' ich mir! Alles is überlegt! Also das is eine großartige Idee — und eh' daß ein anderer kommt und sagt, sie ist von ihm — nein, also ich will zum lieben Gott — ich will selbst, verstehst, mit Ihm reden — selbst ..."

„Mit wem schreist denn gar so sehr, Fridolin?" Frau Kathinka Gschaftelhuber hatte sich erschreckt im Bett aufgesetzt. „Und's Licht hast auch wieder brennen lassen!"

„Was denn? .... Waaaas?" Fridolin Gschaftelhuber saß kerzengerade im Bett auf und wunderte sich sehr. „Ja, bist Du denn auch da, Kathinka?"

„Sei so gut, Fridolin! Seit siebenundzwanzig Jahren lieg' ich an derselben Stelle und — —"

„So, so. Ja, alsdann is schon richtig. Das heißt" — Fridolin Gschaftelhuber warf den Kriegsbericht aus dem Bett, mit dem er sich zugedeckt hatte und knipste das Licht aus — „das heißt, eine gute Idee wär's schon gewesen. Später ... vielleicht — Gut' Nacht, Kathinkerl."

Das Interview

Ich traf den Minister in seinem Arbeitszimmer. Schon von seinem Kammerdiener hatte ich erfahren, daß er sich hier viel aufhalte.

Er ist immer noch ein schöner Mann. Imponierend durch Größe, Brustweite, Bart, Adlerblick und Sicherheit der Rede. Als ich ihn zuletzt sah, war er noch nicht — und ich war noch nicht — — aber lassen wir das!

Der Minister gab mir eine Zigarette und die Hand. Oder um ganz genau zu sein: erst die Hand und dann die Zigarette. Er spricht ein gutes Deutsch. Ich auch. So verständigen wir uns unschwer.

„Wie geht es Ihrer lieben Frau?" fragte der Minister teilnehmend.

„Danke, Exzellenz", entgegnete ich. Ich hielt diese Antwort für nicht unbescheiden und für richtig zugleich. Denn ich bin unverheiratet.

Von meiner schlagfertigen Entgegnung sichtlich angeregt, sah der Minister ernst vor sich hin und äußerte: „Tja — lieber Freund . . . nicht wahr?!"

„Exzellenz wollen damit sagen, daß . . ."

„Freilich. Jedoch man könnte auch . . . Aber Sie kennen mich."

Das bestätigte ich, ein wenig geschmeichelt von dem fabelhaften Gedächtnis des Ministers.

„Und" — nahm ich den Faden des Gesprächs geschickt

wieder auf, „wenn Ew. Exzellenz sich äußern wollen über ...“

„Sie meinen Amerika.“ Der Minister zeigte mir das Land auf dem Atlas, umriß es mit einem scharfsinnigen Blick und nickte. „Sie wissen, wer es entdeckt hat?“

„Columbus.“

„Man sagt so. Feststehendes gibt es in der Geschichte nicht. Aber man nimmt an: Columbus.“

„Wenn ich Ew. Exzellenz recht verstehe, so —“

„Sie verstehen mich ganz recht. Columbus war ein Genuese. Diesen Leuten ist alles zuzutrauen. Aber es gibt Dinge, an denen die feinste Diplomatie nichts mehr ändern kann. Nichts.“

Ich fand nun den außerordentlich glücklichen Übergang durch die Frage: „Zunächst — das ist wohl die Ansicht Ew. Exzellenz — müssen noch einige Entscheidungen durch die Waffen —?“

„Man muß die Kräfte nebeneinander wirken lassen. Sehen Sie im Jahre 1785, als Friedrich der Große den deutschen Fürstenbund stiftete, komponierte Mozart den „Figaro“ und in dem Eau de Javelle wurde die Lösung von Chlor in Kalilauge — unersetzlich für die Färberei — gefunden. Und im Jahre, da Louis Napoleon durch Volksabstimmung Kaiser der Franzosen wurde, erschien Onkel Toms Hütte von der Beecher-Stowe.“

„Sehr wahr, Exzellenz. Und auf welchem Kriegsschauplatz glauben Exzellenz, daß ...“

„Die Dinge kommen oft wo anders her, als man erwartet. Ich erinnere an die Kartoffel. Sie kam aus den Anden von Chile nach Spanien. Und heute?"

„Gewiß. Und Exzellenz glauben, daß mit einem überraschenden Schlag an einer heuer nicht zu ratenden Stelle in Kürze ...?"

„Ja — wann? Der Gregorianische Kalender ist in England erst Mitte des achtzehnten Jahrhunderts eingeführt worden, in Appenzell schon 1584."

„In Appenzell ... Exzellenz meinen, daß die Schweiz ...?"

„Allerdings — Oder doch ... Ich will Ihnen was sagen, ich habe im Gießbach-Hotel noch im Sommer 1912 für ein Hinterzimmer zehn Francs bezahlt."

„Exzellenz wollen damit andeuten ..."

„Gewiß. Das Leben ist wie ein Wasserfall, mein Lieber. Aber man soll sich nicht in Phantasien verlieren. Als der Ingenieur Sulzberger in Pest die erste Walzenmühle anlegte, dachte er nicht daran, daß das Leben wie ein Wasserfall sei."

„Exzellenz sind der Ansicht, daß ..."

„An sich arbeiten muß der Mensch, das Volk. Und überhaupt. Die Kaiserglocke für den Kölner Dom ist, wie ich mir habe sagen lassen, dreimal umgegossen worden."

„Sehr richtig, aber —"

„Sehen Sie — nun sagen Sie es selbst! Und als sie aufgehängt wurde, war das ein Jahr nach Einführung der obligatorischen Zivilehe in Preußen. Das scheint ein Gegensatz — und ist es nicht."

Mit diesen Worten reichte mir der Minister seine

seine Greisenhand. Ich deutete das richtig als Verabschiedung.

Draußen bat mich der Lakai leise, meinen Schirm nicht zu vergessen. Es war vielleicht kein Zufall, daß ich dem Briefträger auf der Treppe begegnete. Unten schrieb ich mich in das Besuchsbuch ein. Ich nahm große Eindrücke mit und falsche Gummischuhe. Draußen lag die Sonne sehr stimmungsvoll auf einem Gebäude, das ich für eine Moschee hielt. Es war aber keine. Ein feines Wort des Ministers fiel mir ein. Und entfiel mir dann wieder; sonst hätte ich es auch noch hierher gesetzt. Aber die Sonne lag immer noch sehr stimmungsvoll auf dem Gebäude, das ich für eine Moschee hielt.

Beim Säugling von Versa

In Versa im Trientischen, vor der österreichischen Verteidigungslinie, wurde die erste Geburt eines Kindes der „erlösten“ Gemeinde gemeldet. Die Italiener feierten diese Geburt durch ein Fest, bei dem der Säugling den Namen Vittorio Emanuele bekam.

Ich ließ mich bei dem berühmten Säugling melden.

„Sie müssen sich einen Augenblick gedulden,“ sagte der glückliche Vater, „er trinkt gerade.“

Ich dachte, daß andere Menschen, wenn sie Besuch bekommen, aufhören zu trinken, oder den Gast auffordern mitzutrinken. Aber dafür wars eben ein Säugling, und ein so berühmter. Ich wartete also, bis er getrunken hatte.

Dann trat ich ein. Die Mutter, die nicht sehr zugeknöpft war, empfing mich freundlich. Und klopfte dabei dem Säugling auf den Rücken, damit es ihm aufstoße. Das muß so sein.

Aber es stieß ihm lange Zeit nicht auf. Dann funktionierte das, und ich durfte ihn anreden.

Ich verbeugte mich also vor dem Säugling von Versa und sagte:

„Oh, erhabener Säugling“, sagte ich.

Da unterbrach mich die Mutter und bedeutete mich, ich müsse unbedingt italienisch reden.

„Schön. Ich machte also mein zweites Kompliment und äußerte:

„Illustrissimo fanciullo lattante, elevato bambino, indicibile miracolo della natura! . . .“

Auch alles weitere sagte ich auf italienisch. Schreibe es aber hier deutsch her, weil es mir sonst grobe Briefe einträgt; wenn's mir nicht die Zensur überhaupt streicht.

Der Säugling von Versa seinerseits äußerte nichts.

„Wie fühlen Sie sich auf der Ihnen noch unbekannten Welt?“ fragte ich.

„Ich fühle italienisch“, antwortete der Säugling von Versa und sah mich mit sehr großen Augen an.

„Aha. Ich dacht' mir's. Und Sie kommen sich natürlich sehr ‚erlöst‘ vor?“

„Eigentlich mehr meine Mutter“, sagte der Säugling von Versa.

Und jeder wird zugeben, das war für einen Säugling eine sehr gute, kenntnisreiche Antwort.

„Und wie ist Ihr werter Name —? Oder haben Sie noch keinen?“

„Ich heiße selbstverständlich Vittorio Emanuele“, sagte der Säugling von Versa. Und dabei reckte er sich auf dem Arm seiner Mutter, als sei er noch so klein, wie sein erhabener Taufpate.

„Haben Sie schon an eine Berufswahl gedacht?“ forschte ich weiter.

„Wenn ich erst laufen kann, tret ich bei den Alpini ein!“ sagte der Säugling von Versa.

„Sehr verständig. Erst laufen lernen — das müssen die Alpini können! Und hoffen Sie, erhabener Säugling, daß Sie dieses stolze Ziel noch während dieses Krieges erreichen?"

„Wenn unsere Truppen in dem Tempo weiter siegen — bestimmt", sagte der Säugling von Versa.

„Ganz meiner Ansicht", nickte ich; und wunderte mich innerlich — ich wundere mich stets nur noch innerlich — über die Klugheit dieses Kindes. „Und bis dahin —?"

„Die Engländer wollen uns nur Geld pumpen, wenn sie mich bis zu meiner Volljährigkeit für Geld sehen lassen dürfen", sagte der Säugling von Versa.

„Sieh mal an! Die lieben Engländer —! Wie meinen Sie?"

„Es ist ihm bloß aufgestoßen", erläuterte die Mutter.

Das war richtig. Es lief ihm etwas saure Milch aus dem linken Mundwinkelchen.

Aha, dacht' ich, auch hier wird die Milch sauer, wenn man die lieben Engländer erwähnt.

„Und wie denken Sie, erhabener Säugling, über die Zukunft Italiens . . ."

Ich weiß nicht, ob das seine Antwort war. Aber die Mutter nahm rasch ihn auf den anderen Arm und schlug eine weitere Windel um seine untere Körperhälfte. Dann verschwand sie mit ihm ins Nebengemach.

„Ich erwarte stündlich den Annunziaten-Orden", sagte der Vater und sah voll Stolz dem Säugling von Versa nach.

„Wofür?" fragte ich unwissend.

„Es ist doch mein Kind. Der erste Bürger des ‚erlösten' Landes."

„Hm. Das konnten Sie allerdings nicht wissen — damals.“

„Nein,“ sagte der Vater des Säuglings von Versa, „aber man dekoriert doch den Erfolg und nicht die Absicht!“

„Sehr wahr. — Und habe ich die Hoffnung, die Hoffnung des Landes noch weiter interviewen zu dürfen?“

„Vittorio Emanuele schläft jetzt. D'Annunzio hat ihm ein Schlummerlied gedichtet.“

„Dem auch?“

„Wieso auch?“

„Ach, ich meine bloß, weil er für die ganze Nation solche Sachen macht. Aber — da wird wohl keine Hoffnung mehr sein, daß ich heute noch ...?“

„Nein. Das Schlummerlied von d'Annunzio ist sehr lang.“

„Ich dacht' mir's. Aber vielleicht könnten Sie ...“

Aber da kam die Post mit dem Annunziaten-Orden. Das heißt: der Orden war unterwegs gestohlen. Aber das Diplom kam doch. Etwas schmierig, weil es bei einem Schafskäse gelegen hatte. Aber es war das Diplom. „Per vostri sforzi, coronati di successo, in servizio della patria nostra, sempre vittoriosa e trionfante ...“ Und dann war noch mehr gelogen.

Da verbeugte ich mich tief und ging.

Ich hörte gerade noch nebenan den Säugling von Versa mörderisch brüllen. Das Wiegenlied von d'Annunzio gefiel ihm vielleicht nicht. Oder es war ihm doch zu lang.

So verlief mein unvergeßlicher Besuch bei dem Säugling von Versa.

Erfreuliches von einem Postassistenten

Der Postassistent Balduin Gründlich hat beim Morgen-Kaffee-Ersatz den Erlaß des Kriegsministers von Stein über die „Höflichkeit im Verkehr mit dem Publikum" gelesen.

Sein pflichtgetreues Beamtenherz geht in sich, und er beschließt, obschon die Kaiserliche Post im allgemeinen und insbesondere der dem Postassistenten Balduin Gründlich anvertraute Schalter III b im Kaiserlichen Postgebäude eigentlich nicht zu den dem Herrn Kriegsminister unterstellten Dienststellen gehören, von nun an strikt nach Sinn und Wortlaut dieses schönen Erlasses zu handeln.

Unterwegs, auf dem Hinterperron der Elektrischen, wiederholt er unaufhörlich, memorierender Weise, die Anfangssätze des Erlasses: „Jeder einzelne im Volke trägt an der Not des Krieges, niemand soll ihm die Last unnütz vergrößern. Das geschieht aber, wenn Dienststellen im Verkehr mit dem Publikum dem Gesuchsteller nicht in höflicher Art helfen, sondern den Verkehr zur Quelle von Mißhelligkeiten und Mißstimmungen machen." Das heißt, da das Gedächtnis des Postassistenten Balduin Gründlich eben nicht das beste ist, so rutschen ihm die einzelnen Satzteile durcheinander, und er murmelt mit geschlossenen Augen vor sich hin: „Jede Quelle im Volke trägt an dem Publikum des Krieges, niemand soll die

Dienststellen unnütz vergrößern. Das geschieht aber, wenn die Mißhelligkeiten in der Mißstimmung . . ." Nein, so war es nicht! So war's: „Jeder Verkehr in der Not trägt den Gesuchsteller höflicher Art; niemand soll das Publikum unnütz vergrößern. Das geschieht aber, wenn die Quellen des Verkehrs mit den Mißstimmungen . . ." Nein, so war's auch nicht!

Aber da ist er schon an der Post vorbeigefahren und muß laufen, daß er mit dem Glockenschlag, sich den Schweiß vom Gesicht wischend, sein Schalterfensterchen öffnen kann. Vor diesem Fensterchen stehen schon, wartend und mit den kalten Füßen die Steinfliesen stampfend, ein alter Herr mit einer Brille, als Erster, ein schlampiges Dienstmädchen mit einer Stupsnase, als Zweite, ein Auslaufer mit einer grünen Schürze, als Dritter, und eben stellt sich noch ein Berliner Junge, als Vierter an.

Der Postassistent Balduin Gründlich verbeugt sich höflich, als er das Schalterfensterchen hoch schiebt, und äußert: „Einen gesegneten guten Morgen gestatte ich mir allerseits zu wünschen."

Aber nur der Auslaufer sagt: „Morjen, Herr Postrat."

Wogegen der Junge meint: „Den Nachmittag hätt' ick ooch jern jesegnet!"

Der Postassistent Balduin Gründlich macht nun dem als Erster anstehenden alten Herrn mit der Brille eine kleine Separatverbeugung und sagt:

„Wie steht das werte Befinden, mein Herr?"

Der alte Herr nimmt für einen Augenblick den Wattebausch aus dem rechten Ohr, um zu verstehen, was der Postassistent Balduin Gründlich geäußert habe. Aber da es schon zu spät ist, steckt er den Wattebausch wieder in das rechte Ohr und sagt: „Ich möchte 'ne Sechsermarke."

„Sie befehlen eine Sechsermarke, werter Herr? Sehr wohl. Darf ich Sie darauf aufmerksam machen, daß es ‚Sechser' eigentlich nicht mehr gibt, mithin auch der Begriff der ‚Sechsermarke' hinfällig ist. Gleichwohl bin ich im Bilde, und eingedenk des Erlasses, der da bestimmt: Jeder einzelne, der Krieg führt, trägt an der Mißhelligkeit der Not der Dienststellen durch die Quelle des Gesuchstellers . . ."

„Quatsch mit Sauce", beurteilt der Berliner Junge diese Ausführungen, obschon er eigentlich gar nicht ins Gespräch gezogen ist.

„Bekomm' ich nu meine Sechsermarke?" sagte der alte Herr mit der Brille, der leider kein Wort der Belehrung durch den Postassistenten Balduin Gründlich verstanden hat, und nimmt nun die Watte aus b e i d e n Ohren.

„Sind Sie leidend, alter Herr?" fragt der Postassistent Balduin Gründlich teilnehmend.

„Ich? Ich habe Zahnweh gehabt heute nacht."

„Oh — oh, wie mich das schmerzt!" bedauert der Postassistent. „Ich nehme allerdings auch eine leichte Schwellung Ihres linken Backens wahr. Wenn ich mir einen Rat gestatten darf, Sie sollten morgens Salzwasser in den Mund nehmen — es ist das ein altes Hausmittel, das meine selige Großmutter . . ."

„Nu, lassen Se man Ihre selige Großmutter liegen, Herr Postrat," brummt der Auslaufer, „und machen Sie ein bißchen dalli, ja? Ich habe siebzehn Einschreibbriefe!"

„Vergebung, mein Herr" — wendet sich der Postassistent Balduin Gründlich nun an den Auslaufer mit der grünen Schürze, während seine Seele unhörbar vor sich hin spricht: „Jede Mißhelligkeit im Gesuchsteller vergrößert den Verkehr mit den Quellen des Publikums . . ." Laut aber äußert er dieses: „Vergebung, mein Herr, darf ich Sie darauf aufmerksam machen, daß ich die Wünsche der Herrschaften durchaus in der Reihenfolge ihres Antritts, von rechts, zu erledigen dienstlich gezwungen bin; wogegen Ihr Abtritt von rechts . . ."

„Mein Abtritt jeht Sie 'n Dreck an!" Dieses sagt leider der Berliner Junge.

„Woran ich", fährt der Postassistent Balduin Gründlich sehr höflich fort, denn in ihm klingt es: „Die unnütze Dienststelle nötigt die Trägheit des Gesuchsstellers im Verkehr mit der Mißhelligkeit" . . . Wie gesagt, er fährt laut fort: „Woran ich mir den Hinweis zu knüpfen erlaube, daß das Spucken auf den Fußboden im Dienstgebäude leider untersagt ist."

„Merken Se sich det, wenn Se det Salzwasser von Ihre Jroßmutter im Mund haben", empfiehlt der Berliner Junge.

Der Postassistent Balduin Gründlich aber wendet sich mit der ganzen Anmut seiner Umgangsformen wieder dem alten Herrn mit der Brille zu und sagt: „Hinter Ihnen, mein Herr, steht eine Dame und wartet." Sein wohlwollendes Kopfnicken weist auf das schlampige Dienstmädchen, das sich gerade mit einer dem schlecht aufgesteckten Haar entzogenen Haarnadel im Nacken kratzt. „Steht eine Dame. Es gehört einerseits zwar nicht zu meinen dienstlichen Obliegenheiten, überschreitet aber andererseits kaum die Befugnisse meiner Beamtenqualität, wenn ich Ihnen, werter Herr, den Vorschlag unterbreite, für den Fall der Einkauf Ihrer Reichspostmarke zu fünf Pfennigen nicht eilt, den Gefühlen der Galanterie Raum zu geben und mir zu gestatten, daß ich den Wunsch dieser Dame zuerst zur Kenntnis nehme."

„Als wie ich?" fragt das Dienstmädchen und entblößt bei dieser Frage einen Haufen zwar ungeordneter, aber gelber Zähne in ihrem beträchtlichen Munde.

„Det könnte mir so passen, daß die Frauenzimmer uff der Post ooch noch was voraus haben!" grollt der Auslaufer. Wobei er, um seinen Worten einen sinnfälligen Nachdruck zu geben, das Dienstmädchen in die untere Rückenpartie kneift, die, streng anatomisch genommen, schon nicht mehr zum Rücken gehört.

„Unterlassen Se det man, ja?" In diese Worte faßt das Dienstmädchen seine aus leichtem körperlichen Schmerz und schwerer seelischer Kränkung gemischten Gefühle zusammen.

„Zum Teufel — krieg ich nu endlich meine Sechsermarke, oder krieg ich se nich?!" Der alte Herr ist unfroh, das ist aus der Tonstärke und der Klangfarbe seiner Stimme ersichtlich.

Im Postassistenten Balduin Gründlich aber rauscht

ein Echo: „Jeder Verkehr mit der Mißhelligkeit ver-unnützt den Krieg des Gesuchstellers." So hebt er be-gütigend die Hand und sagt: „Mein Herr, ich bin als Mensch wie als Beamter weit davon entfernt ..."

Aber der Berliner Junge läßt ihn nicht ausreden. „Ick wollte, Sie wär'n überhaupt als Mensch und Beamter — weit entfernt! Und es säße für Sie Quatsch-kopp ein anderer da!"

Der Postassistent Balduin Gründlich muß, als er dies hört, einen Augenblick das Schalterfensterchen schließen, um seiner empörten Gefühle Herr zu werden. „Aber" — sagt ihm eine innere Stimme — „vergiß nicht, Balduin: die höfliche Mißhelligkeit trägt an der Art der Gesuchstellung die unnütz vergrößerte Quelle des Ver-kehrs ..." Da beschließt er, das häßliche Wort des Ber-liner Jungen zu überhören, öffnet das Fenster wieder, lächelt den alten Herrn mit der Brille an und erläutert: „Wenn Sie sich zum Ankauf zweier Marken von der Sorte entschlössen, die Sie ungenau als ‚Sechsermarke' bezeichnen, mein Herr, könnte ich Ihnen auf den Mark-schein, den Sie offenbar zum Zwecke des gedachten An-kaufs in der Hand haben, lauter Groschen herausgeben. Groschen aber sind augenblicklich sehr gesucht und — —"

„Herrjeh!" stöhnt der Auslaufer, „wenn Se nu nich bald 'rausrücken mit der Marke, kriegen meine Ein-schreibebriefe Junge!"

„Sie!" Der Berliner Junge tippt den Auslaufer auf die Schulter. „Dann geben Se mir einen von dem Wurf, ja? Aber einen, wo 'n Hundertmarkschein drinliegt!"

Der Postassistent Balduin Gründlich aber hat vorsichtig eine Fünf-Pfennig-Marke abgetrennt von den andern und reicht sie dem alten Herrn hin mit dem gewinnenden Lächeln, das ihn diesen ganzen Morgen nicht verläßt. Und bemerkt dazu: „Mein Herr, darf ich, indem ich Ihnen diese Marke übergebe, mit meinen persönlichen Wünschen auch im Namen der Kaiserlichen Oberpostdirektion sprechen und der Gesinnung Ausdruck verleihen, daß der Brief, den Sie mit dieser Marke zu frankieren gedenken, nur Angenehmes enthalte und den Adressaten in demselben guten Wohlsein antrifft, in dem er den verehrten Absender verläßt."

„Ick denke, er hat Zahnweh?" meint der Berliner Junge.

„Nu laß schon, Du Dussel!" Der Auslaufer ist wütend. „Meinethalben kann der andere auch Zahnweh haben!"

„Und noch eins, mein Herr —", der Postassistent Balduin Gründlich zögert diskret, dann aber gibt er sich einen Ruck und vollendet: „Ich mische mich zwar ungern in die Privatverhältnisse derer, die mich hier an dem mir anvertrauten Schalter III b durch ihre sehr geschätzte Kundschaft beehren — aber ich gestatte mir doch zu bemerken: sollten Sie beabsichtigen, diese Fünf-Pfennig-Marke als einziges Wertzeichen auf einen Stadtbrief zu kleben, so würde zum lebhaftesten Bedauern der Oberpostdirektion eine Strafzahlung seitens des Adressaten unerläßlich sein; da nach den neuesten Bestimmungen Stadtbriefe Sieben-ein-halb-Pfennig-Marken erfordern. Womit ich die Ehre habe, Ihnen einen guten Tag zu wünschen ... Darf ich nun das Fräulein bitten — und mich zunächst nach dem werten Befinden erkundigen?"

„Ick jeh'," entscheidet der Berliner Junge, „ick versäume hier sonst meine Einsegnung nächstes Jahr!"

Der Wohltäter

Florian Fiedebusch war Rentier, machte selbst Obst ein, sammelte Briefmarken und war auch sonst ein sehr gütiger Mann.

Florian Fiedebusch war immer gütig. Aber er hatte noch seine besonders gütigen Tage. An diesen Tagen konzentrierte sich alles in seinem Herzen auf den glühenden Wunsch: helfen. Irgendwem, irgendwo, irgendwie. Das geschah meistens, wenn er in der Zeitung unter dem Lokalen gelesen hatte, daß eine Mutter von vier Kindern ... oder daß ein steinaltes Ehepaar ... oder daß überhaupt wer ...

In der letzten Zeit las er das Lokale seltener. Die umgefallenen Milchwagen hatten ihr Interesse für ihn verloren. Sogar Briefmarken sammelte er kaum noch. Alles in ihm war Krieg.

Florian Fiedebusch gab viel und gern für wohltätige Kriegszwecke. Schrieb leider auch viele etwas konfuse Briefe dazu. Bald ans Rote Kreuz, bald an den Johanniterorden, bald an eine Zahnklinik, bald an eine Unfallstation. Aber wie gesagt, er schrieb nicht nur, er gab auch. Denn es gibt Menschen, die schreiben auch, aber sie geben nicht.

Aber eines Tages kam es Florian Fiedebusch vor, daß er eigentlich falsch gäbe. Er wollte nicht mehr bloß auf die Post gehen und einzahlen, irgendwohin. Er wollte nicht mehr bloß als Empfangsbestätigung einen Brief empfangen: „Antwortlich Ihres Geehrten vom so- und sovielten dankt das unterfertigte Komitee Ew. Hochwohlgeboren für die hochherzige Spende" ... Er hatte genug Antwortliches und Hochwohlgeborenes und Unterfertigtes. Er wollte einem Mann, den er beschenkte, dem er half, selbst in die treuen Augen sehen, wollte den warmen Druck seiner Hand spüren, wollte ...

Und deshalb ging Florian Fiedebusch auf die Friedrichstraße. Denn es ist merkwürdig: einfache Naturen, die etwas unternehmen wollen, ohne recht zu wissen was, gehen in Berlin meist auf die Friedrichstraße.

Als Florian Fiedebusch so auf der Friedrichstraße hin und her ging und sich bemühte, über die Pflastersteine zu springen, denn es wurde gebuddelt, und sich genug über die vielen Menschen gewundert hatte, die nicht im Krieg waren, sondern auch über die Plastersteine sprangen, ja, die zum Teil von der Völkerangelegenheit da draußen gar nichts zu wissen schienen, da dachte er plötzlich an seine edle Absicht.

Einen Kriegsbeschädigten wollte er, das stand fest, unterstützen, betreuen, beglücken ... so gewissermaßen als guter Engel im blauen Sacko. Das heißt, ohne Aufdringlichkeit natürlich. Aufdringlichkeit war überhaupt nicht seine Art, er war still und bescheiden, wie die meisten Leute, die Marken sammeln und Obst einmachen. Alles mußte diskret sein. Das war Familientradition. Sein Bruder z. B. hatte seinen Eltern erst nach dem zweiten Kinde mitgeteilt, daß er eine Kellnerin aus dem Perkeo in Heidelberg geheiratet hatte. So war die Familie.

Sieh doch! Da ging — o glücklicher Zufall — ein einarmiger junger Mann von der Kronenstraße her über den Damm. Jetzt hüpfte er über die Pflastersteine. In der Klappe des recht defekten dünnen Röckchens hatte der junge Mann ein buntes Bändchen. Er steuerte zu auf eines der einfacheren Bräus. Er sieht recht ärmlich aus, der brave Bursch', dachte Florian Fiedebusch, und er hat gewiß nichts dagegen, ...

Schon sitzt Florian Fiedebusch an dem Tisch des jungen Kämpfers, der nur einen Arm hat.

„Sie wollen wohl auch speisen?" fragte er den jungen Mann, dessen leerer linker Ärmel magisch den Blick seiner gütigen Augen anzieht.

„Eigentlich nein ... ich habe schon ..."

So sieht er nicht aus, dachte Florian Fiedebusch, der einen guten Blick hatte für Leute, die tatsächlich schon gespeist haben. Unrasiert ist er auch. Das Bändchen ist die Oldenburgische Tapferkeitsmedaille oder aber die Koburgische ... Florian Fiedebusch ist da nicht ganz sicher, welche von beiden Medaillen es sein mag; obschon er sich erst neulich in einem kolorierten Büchlein über die mancherlei Medaillen orientiert hat, die man im Feuer erwerben kann.

„Darf ich mir erlauben, Sie ein wenig freizuhalten? Brot- und Fleischkarte habe ich — bitte, nur auszuwählen.“

„Ich soll — —?“

„Bitte, als mein Gast.“

Der bescheidene junge Mann ist etwas verblüfft, aber Florian Fiedebusch hat ein so angenehmes, herzliches Lächeln, daß er nicht Nein sagt.

Der junge Mann mit der Oldenburgischen Tapferkeitsmedaille wählt Graupensuppe.

„Zweimal Graupensuppe“, bestellt Florian Fiedebusch, ohne zu überlegen, daß er Graupensuppe nicht mag. Er denkt vielmehr: es wird eine sehr angenehme Mahlzeit geben. Der junge Mann wird auftauen, er wird mir erzählen von Verdun, — aber nein, er muß ja viel früher den Arm verloren haben.

Der junge Mann mit der Oldenburgischen Tapferkeitsmedaille wünscht Eisbein mit Sauerkraut.

„Zweimal Eisbein mit Sauerkraut“, bestellt Florian Fiedebusch. Vielleicht war es bei Gorlice, denkt er dabei. Das würde ihn sehr interessieren, denn dort ist sein früherer Hauswirt, mit dem er noch im Prozeß liegt, Leutnant geworden.

„Würden Sie auch vielleicht Himbeereis . . . ich esse das sehr gern.“

„Aber natürlich — zweimal Himbeereis — aber nein, einmal; auf Himbeeren bekomme ich Nesseln. Mir dafür einen Camembert.“

„Wir haben natürlich nur deutschen Camembert“, sagt der Kellner herablassend.

„Schön. Also einen deutschen —“

„Zwei“, meldet der junge Mann mit der Oldenburgischen Tapferkeitsmedaille höflich an.

Ich mache ihm offenbar wirklich eine Freude, denkt Florian Fiedebusch. Er hat ja eigentlich schon gegessen; aber immerhin, er ißt noch einmal.

„Und zwei Münchner!“

Diesen beiden Münchnern folgten bald zwei andre Münchner.

Der junge Mann mit der Oldenburgischen Tapferkeitsmedaille trank, wie er sagte, gern Münchner. Und sein Konsum widersprach dieser Behauptung nicht. Auch entwickelte er guten Appetit, und aß auch auf Florians Brotmarken 300 Gramm Schwarzbrot.

Florian Fiedebusch freute sich sehr. Gesprächig war der Gast ja nicht sehr. Schützengraben, dachte Florian Fiedebusch, und sagte, das Gespräch diskret auf das Hauptthema lenkend:

„Hatten Sie immer recht nette Vorgesetzte?“

„Früher in Hannover nicht,“ sagte der junge Mann, „aber dann ging's.“

Also aus einem hannoverschen Regiment! Florian Fiedebusch kam dem Gesprächsthema, das er innigst ersehnte, aber nicht taktlos anschneiden wollte, sachte näher.

„Nun ja, im Frieden ist alles etwas schärfer — nicht nur in Hannover. Im Krieg aber . . . im Krieg . . .“

„Das mag sein“, sagte der junge Mann und knüpfte daran die Frage, ob nicht zum Eisbein eigentlich Kirschenkompott gehöre.

Florian Fiedebusch glaubte das zwar nicht, da Kirschen selten zum Eisbein mit Sauerkraut serviert werden. Bestellte es aber doch sofort.

Der junge Mann aß mit Wohlbehagen das Kompott. Mit den Steinen. „Schützengraben“, dachte Florian Fiedebusch und äußerte laut:

„Aus Konserven schmeckt's nicht so recht?“

„Gott, wie man's kriegt.“

So kam Florian seinem Thema nicht bei. Ich werde ihn fragen, dachte er. Aber ich werde so fragen, daß ich nicht grausam an schlimme Erinnerungen rühre, sondern zart von der Seite des Ruhms und der Ehre mich an ihn herantaste.

Florian Fiedebusch tastete also. Er fixierte mit leisem zustimmendem Kopfnicken das Ordensband in seines lieben Gastes Knopfloch und meinte:

„Manche Heerführer übergeben persönlich im Felde Auszeichnungen, nicht wahr?“

„Ja, das mag sein. Gehört eine Zigarre auch zum Menu?“

„Aber natürlich.“

„Darf ich Ihnen Feuer? —“

„Bitte . . .“

„Ihre Dekoration, wenn ich mir die Frage erlauben darf?“

„Was für eine? —"

„Ja, das weiß ich allerdings nicht."

Florian gestattete sich, mit dem abgebrannten Zündholz eine ganz leise Berührung der Rockklappe seines Gastes:

„Ich meine —"

„Ach so — das? Das sind unsere Vereinsfarben — ja. Ich bin in einem Kegelklub. Ach, Sie meinen, wegen des einen Arms, das geht nicht? — oh, ich habe schon zweimal erste Preise gewonnen. Voriges Jahr eine Stehlampe aus blauem Glas, ja. Und 1913, als noch Friede war, eine Gans. Jetzt gewinnt man so was nicht mehr."

„Nein — nein ... Gänse ... allerdings ..."

Florian Fiedebusch bedauerte, daß sein Gast eine Gans gewonnen hatte und eine — er hätte lieber gesehen, daß das Band nicht die Farben eines Kegelklubs ..., aber der Arm! Der Arm! Er faßte sich Mut.

„Pardon — Sie erwähnten gerade selbst ... sonst wäre ich natürlich nicht so undelikat gewesen, — ich meine, Sie behelfen sich — sehr geschickt allerdings — mit einem Arm ..."

„Ja, ich muß wohl."

„Darf ich fragen, ob Sie den im Westen oder vielleicht in Rußland — dort soll's ja sehr hart hergegangen sein bisweilen."

„Ach, den Arm —? . . . Sie meinen —? Ne, ne, ich bin schon so auf die Welt gekommen. Ja. Ich weiß es gar nicht anders, verstehen Sie. Ich denke mir zwei Arme glatt unbequem.“

— — — — — — — — — — — — — — — — —

Florian Fiedebusch zahlt seit einiger Zeit wieder direkt an's Rote Kreuz.

Er hat seine Markensammlung wieder hervorgesucht.

Über die Friedrichstraße geht er jetzt selten.

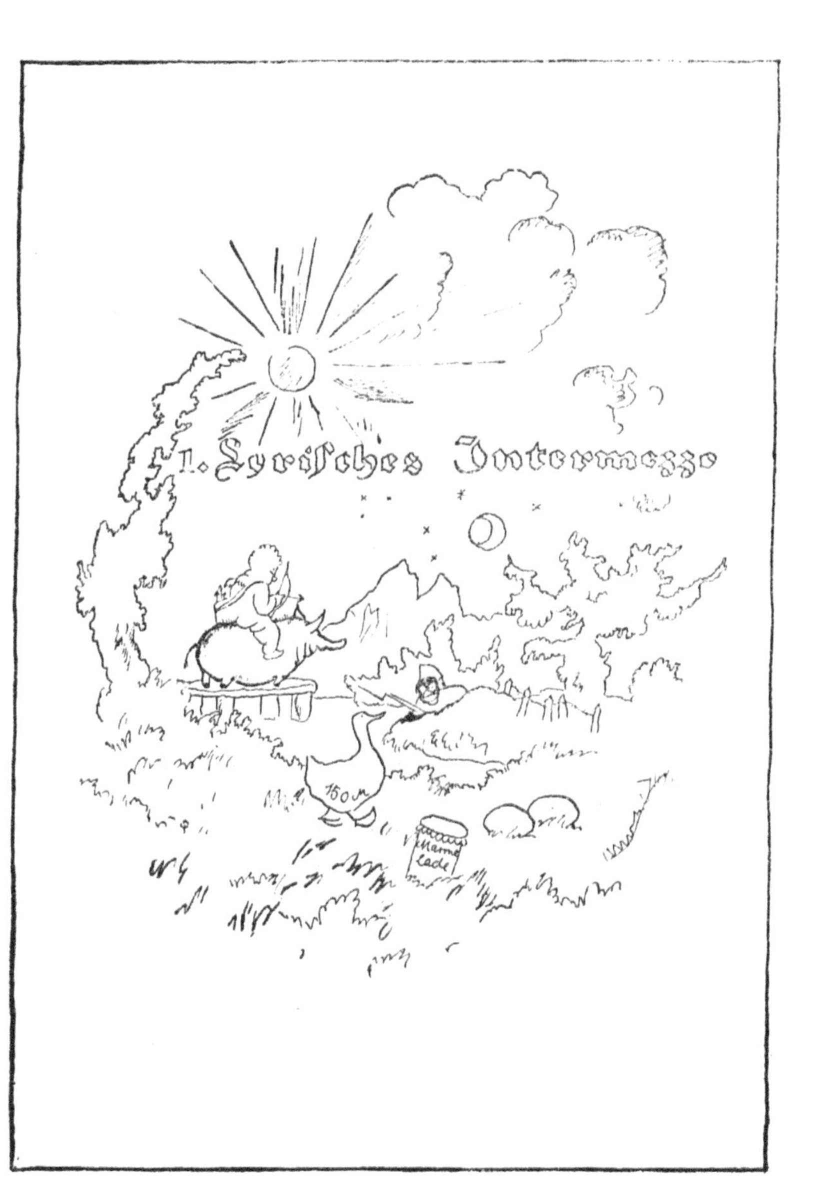
1. Lyrisches Intermezzo
150 M
Marme
lade

Im deutschen Frühling

Auf von Tische stand ich frühe,
Und die Stimmung war recht mau:
Nach Ersatz für Hühnerbrühe
Gab's Ersatz für Kabeljau;
Im Ersatz für Kräutersaucen
Ward Ersatz-Fleisch hingestellt,
Dem Ersatz für Aprikosen,
Klebrig-bitter, sich gesellt.

Eilig strebt' ich zu entrinnen
Dieser Schenke, wunderbar,
Weil (Ersatz für Kellnerinnen)
Ziemlich grob der Hausknecht war;
Weil der Wein zu meinem Leide
Schmeckt' wie schlechte Medizin,
Und im Gasthof nur — die Kreide
Doppelt mir vorhanden schien.

Daß ich der Verdauung weihe
Einen Weg und diesen Sang,
Trat ich kummervoll ins Freie
Und schritt rüstig uferlang.
Ach, wie die Kastanien blühten
Links und rechts am Brückensteg,
Und der Tulpen rote Tüten
Flammten rings auf meinem Weg!

Und das Laub, das frühlingslichte,
Funkelte im Sonnenschein —
Sanfter Wind strich mein Gesichte,
Schläferte den Ärger ein.
Grünen Teppich wirkt' die Halde,
Und der Kuckuck, der Filou,
Rief mir aus dem nahen Walde
Seine frohe Botschaft zu.

Und ich schritt auf leichten Sohlen
Ob der grünen Erde hin —
Soll mich gleich der Teufel holen,
Wenn ich nicht zufrieden bin!
Liefert der verstimmte Magen
Mürrisch sein Ersatz-Gefecht,
Schau' ich um in diesen Tagen:
Ach — der deutsche Mai ist echt!

Aufgeblüht und wohlgeraten
Lacht die Welt um Fluß und Fels,
Und sie ahnt nichts von Granaten
Und von tückischen Schrapnells.
Droht der Krieg, der weit entfernte,
Mit Verwüstung und Verfall —
Sicher reift die deutsche Ernte
Hinterm deutschen Eisenwall!

Der Napoleonide

Im Generalstab zu Paris
Siehst einen Mann du schalten,
Dem ein beträchtlich Erbe ließ
Der Groß-Ohm zu verwalten.
Es leuchtet um des Ahns Geschick
Ein Glanz, ein nie verwehter —
Der Enkel dient der Republik
Als kleiner Geometer.
Er mißt und strichelt fleiß'gen Sinns
In enger Arbeitsklause,
Und ist — Respekt! — ein echter Prinz
Aus kaiserlichem Hause!

Es hat des Präsidenten Huld
Dies Pöstchen ihm gelassen.
Am Fenster steht auf seinem Pult
Ein Bild schon im Verblassen:
Aus gold'nem Rähmchen, schlicht und schmal,
Spott um den Mund, den harten,
Schaut stumm der „kleine Korporal"
Dem Enkel auf die Karten;
Und folgt der Hand und folgt dem Stift —
Es blitzt in Zorneswettern
Das Aug', als wollt' es Strich und Stift
Verbrennen und zerschmettern.

Der Enkel sinkt auf seinem Sitz —
Ein Häuflein Angst — zusammen;
Er kennt des Korsen-Auges Blitz
Und seines Hasses Flammen!
Er sieht den Kaiser gar nicht an,
Der ihn mit Blicken züchtigt,
Wie zögernd er am „Toten Mann“
Die Linie berichtigt;
Wie, buchend letztes Mißgeschick
Aus der entweihten Karte,
Das Urteil spricht der Republik
Der letzte Bonaparte!

Und leise haucht der Enkel nur,
Wind weht durch Schilf nicht leiser:
„Verweht ist Deiner Adler Spur,
Erhab'ner Ahn' und Kaiser!
Der Feind, den Du geknechtet hast,
Hat längst Dein Land betreten;
Und Mord und Seuche sind zu Gast,
Und Poincaré hält Reden.
Und was so trunk'nen Muts begann
Wird ohne Glorie enden —
Sieh, toter Mann, den ‚Toten Mann‘
In Deiner Feinde Händen!

Und dämpfe Deines Auges Blitz!
Die Zeiten wurden trüber —
Von Jena und von Austerlitz
Die Tage sind vorüber!

Verweht des Lorbeers süß' Arom,
Es friert das Volk in Blöße —
Tief ruht im Invaliden-Dom
Die Asche uns'rer Größe.
Im Schloß des Seine-Babylons,
Ein armer Mühlentreter,
Verkommt das Blut Napoleons
Als kleiner Geometer" ...

Zeitgemäßer Wegweiser

Dinge gibt's, die wenig nütze,
Ach, in dieser ernsten Zeit:
Wanderstab und Reisemütze
Liegen ganz umsonst bereit;
Faulheit lockt zur Sommerfeier
Ganz vergeblich ins Revier!
Also grollt mein Freund, der Meyer,
Und schaut ärgerlich ins Bier.

Schönheitslande zu betreten,
Kauft' ich sehnsuchtsvoll bereits
Einen Baedeker von Schweden
Und ein Handbuch von der Schweiz;
Auch versprach ich längst Amalien
(Oh, enttäuschtes Herze, schweig'),
Daß ich ihr einmal Italien
Und die Riviera zeig'.

Manchmal plant' ich in der Stille
Der Geliebten zum Geleit
Auch ein Seebad in Trouville
Oder auf der Insel Wight;
Ach, sogar — wie hat zerschlagen
Solchen Traum der Völkergrimm —
Frohe Fahrt dacht' ich zu wagen
Zu dem Schlammvulkan der Krim.

Meyer seufzt, und eine Träne
Rollt ihm in den blonden Bart:
Was sind jetzt die deutschen Pläne?
Träume recht nach deutscher Art!
Grämlich heißt's zu Hause bleiben,
Denn verwehrt ist, was entfernt,
Und das Ansichtskartenschreiben
Hat man mählich schon verlernt.

Meyer, sprach ich, Nordlandsfahrer,
Rivierabummler du,
Meyer, Bruder, Undankbarer,
Nimm ihn nur, den Wanderschuh!
Meyer, Snob und Pflastertreter,
Still, sonst werd' ich handgemein,
Blüht denn tausend Kilometer
Fern von hier die Welt allein?

Sahst du schon den Taunus schwingen
Blaue Linien wunderfein,
Hinterm grünen Glas in Bingen
Saß'st du schon am Vater Rhein?
Haben's holde Seitenwege
Dir noch immer angetan
Durch der Mosel Rebgehege
Durch die Wälder an der Lahn?

Zeigte keines mut'gen Fingers
Wink den Weg in die Natur
Auf des alten Ofterdingers
Sangesfroher Ritterspur?

Sahst du nie mit dankesfeuchten
Augen über Hang und Bach
Hoch und steil die Wartburg leuchten
Ragend über Eisenach?

Ließest unter Schwarzwaldtannen
Über Felsen, moosbeklebt,
Nie den Traum die Flügel spannen,
Der um Scheffels Muse schwebt?
Hast du nie, an steiler Wände
Kraxelstiegen hochgeführt,
Tief in Bayern Gottes Hände
Am gewalt'gen Werk gespürt?

Willst du wirklich blöd dich blähen
In Bekenntnis und Verzicht:
Nordkap, Po und Pyrenäen
Kenn' ich, Deutschland kenn' ich nicht?!
Fremdes viel von Berg und Mooren,
Stadt und Paß dies Auge sah,
Bloß das Land, das mich geboren,
Blieb mir immer Hekuba!

Sieh, der Krieg, verehrter Meyer,
Hemmend deinen Wandersport,
Nahm vom Aug' uns manchen Schleier,
Und auch diesen riß er fort:
Frohen Blickes sollst du schauen
Und beschreiben als Chronist,
Ach, wie schön in allen Gauen
Deutschland, deine Heimat, ist!

Das liebste Mädchen

Ich kannte einstmals eine Dame,
— Oh, war die lieb, . . . oh, war die lieb! —
Ich denk', Elvire war ihr Name,
Der ihr auch in der Ehe blieb.
Im Garten zog sie rote Rosen,
Die sie zuweilen für mich schnitt;
Dann lachten wohl am wolkenlosen
Lenzhimmel alle Sterne mit.
Schon bauten meiner Träume Hände
Schlösser aus Luft für mich und sie —
Sie nahm zur Eh', das war das Ende,
'nen Reisenden in Bijoutrie!

Mir war ein Mädchen sehr gewogen,
— Nein, war die süß; nein, war die süß! —
Die Brauen wie vom Stift gezogen,
Wie Aschenbrödel klein die Füß';
Und, ach, zwei Lippen im Gesichte,
Die sicher einen Gott entzückt;
Und abends machte sie Gedichte,
Die hat sie morgens mir geschickt.
Wie uns der Mai das Herz entflammte,
Man glaubt: so muß das „ewig" sein — —
Ihr Gatte trägt im Standesamte
Verdrießlich jetzt Geburten ein!

Und dann die Blonde, Zarte, Kleine,
Wie liebt ich sie, wie liebt ich sie!
Die war von morgens früh um neune
Verkäuf'rin einer Parfüm'rie;
Sie hat nicht eben viel gesprochen,
Was ich nicht weiter übel nahm;
Doch hat sie wundervoll gerochen,
Wenn sie des Abends zu mir kam.
Riechkissen, Seifen, Nagelstifte
Hab' ich unzählige gekauft,
Bis sie nach Philadelphia schiffte
Mit einem Herrn, der „wiedertauft".

Und jetzt und heut' — Sie müssen's aber
Verschweigen — Schweigen schwere Kunst! —
Bin ich bescheid'ner Anteilhaber
An einer Dame hoher Gunst;
Sie hat just kein ersprießlich Wesen
Und schön? — ich bin zu ehrlich — nein,
Jedoch sie handelt halt . . . mit Käsen
Und gibt zuweilen einen drein (!!)
Und wenn ich sage: „Liebstes Kindchen",
Und rühme ihren „kleinen" Schuh,
Dann steckt sie mir ein Viertelpfündchen
Von einem Emmenthaler zu! . . .

Der Topf

O Topf, dem einst die ganze Gnade
Der frühen Kinderjahre galt,
O Topf, gefüllt mit Marmelade,
So weiß und zierlich von Gestalt,
O Topf, dess' — sag' ich's unverhohlen! —
Einst so geliebtes Phänomen
Aus dem Gedächtnis mir gestohlen
Die Zeit, ich darf dich wiederseh'n!
O Topf!

Da steh' ich — in der Lederschürze,
Ein Hosenmatz im Lockenhaar;
Des Mittagskaffees süße Würze
Umdüftet mich, höchst wunderbar;
Ein Herbstarom in sanften Wellen
Entsteigt dem weißen Porzellan
Von Himbeer, Zwetschen, Mirabellen,
Die klug die Mutter eingetan
Im Topf!

Ich könnte malen noch, als Blinder,
Den Topf, mit Röschen schlicht verziert;
„Obst ist in jeder Form für Kinder
Gesund" — die Mutter spricht's und schmiert.
Ich aber hab', das Brot am Munde,
In frommer Dankbarkeit gedacht:
„Fein, daß der Himmel das Gesunde
Auch so erfreulich süß gemacht!
So süß!"

Und sprang ich jauchzend durch die Fluren
Zur Knabenschlacht mit Freund und Hund,
Trug ich des Labsals leichte Spuren
Wohl manchmal noch am Kindermund.
Und kämpfend auf der Barrikade
Mit meiner Feinde hitz'gem Pack,
Hatt' ich von süßer Marmelade
Noch auf der Zunge den Geschmack —
Ganz süß!

Wie weit das liegt! — — — In deutschen Landen
Schnallt man sich enger heut den Gurt;
Und sieh, der Topf ist auferstanden,
Nach dem das Mäglein oft geknurrt.
Da draußen kämpfen sie den großen,
Gewalt'gen Strauß um Gut und Ehr' —
Der blaue Topf trägt noch die Rosen
Von meiner Mutter Zeiten her,
Wie weit!

Butter ward knapp und Fleisch nicht häufig,
Und Schmalz steht selten nur bereit —
Die Marmelade ward geläufig
Im Speisezettel karger Zeit.
Aus kleiner Not wird frohe Tugend;
Ich heb' der Dose weißen Knopf,
Und — aromatisch steigt die Jugend
Herauf aus einst geliebtem Topf,
Ganz süß . . !

Der Schatz in der Tüte

Ich komm' direkt vom Magistrate
(Man hat jetzt immer Schererei),
Doch was ich mitgebracht, — na, rate!
Ein Ei, so wahr ich leb' — ein Ei!
Der Magistrat war voller Güte,
Als er's (mit guten Lehren) gab;
Nun trag' ich's sorgsam in der Tüte,
Die ich dafür gewickelt hab'.

Ein Ei, mein Freund! Das will was sagen!
Du siehst mich an interessevoll;
Ja, weiß ich denn, ob ich's zerschlagen,
Ob ich's zur Härte sieden soll?
Ob ich's verrühre oder koche?
Misch' ich's an Tunke oder Brei?
Gleichviel, es bleibt für eine Woche
Mein einzig Ei, — mein einzig Ei!

Ob ich's vielleicht zu Pilzen esse?
Mit Robert-Sauce ging es auch —
Und eingerührt à la Duchesse
Ist auch kein schlechter Schlemmerbrauch!
Auch mild „nach Art der Jesuiten"
In Käs' gehackt ist eine Lust;
Und — ei der tausend — fein geschnitten
In eine junge Rebhuhnbrust!

Laß' ich es mit Endivien schwitzen
In guter Butter —? oder nein:
Genieß' ich's tief in Spargelspitzen —
Das möcht' besonders köstlich sein!
Au vert galant ist gar nicht übel;
Auch wenn ihr's aus der Pfanne stecht
Und, abgerührt mit einer Zwiebel,
Auf weißes Brot häuft, schmeckt's nicht schlecht ..

Ein Ei — ist höchstes Schöpfungswunder!
Ob ich's serviere mit Gebäck?
Vielleicht begieß' ich's mit Burgunder,
Was hältst du davon: weich im Speck?
Ich könnt's auch in der Schale reichen,
Das Ei, mein Ei — — wo hab' ich's jetzt?!
Um Gottes will'n ... mein Ei .... mein Eichen! ....
Ach, Freund, — du hast dich drauf gesetzt!!

Die Junggesellensteuer kommt

Jüngling, der du noch den Pfeilen
Amors kühnlich hast getrotzt,
Sieh, mir scheint, du mußt dich eilen —
Teuer wird's jetzt, wenn du protzt!

Wenn du länger noch und frecher
Rühmst dich, als ein eitler Mann:
Daß des kleinsten Gottes Köcher
Nichts für dich enthalten kann.

Statt des Gotts, der andern drohte
— Ein willkomm'nes Phänomen —
Naht sich dir ein Steuerbote,
Gar nicht lieblich anzusehn.

Und für mangelnde Gesittung
(Denn nach Ehe schreit die Pflicht)
Weist er mitleidslos die Quittung
Dir mit steinernem Gesicht.

Jüngling, zu der Völkerherde
Trage du das Nöt'ge bei;
Sieh, im Blühen prangt die Erde,
Kaum verklungen ist der Mai.

Jetzo (so mein frommer Glaube)
Rüstet uns der Lenz das Fest,

Wo zu Zwein sich in der Laube
Mancherlei besprechen läßt.

Hat dein Mut sich fortgestohlen,
Weil dein Herz zu lang gesäumt,
Wisse, daß bei würz'gen Bowlen
Auch der sonst Verstockte träumt.

Bleibt auch dann der Mut dir ferne,
Da du solchen Tranks gewohnt,
Ei, so warte auf die Sterne,
Und den immer tücht'gen Mond.

Sieh, der Mond hat milde Sitten,
Wenn sein Silber niederrauscht;
Und er hat den Flüsterbitten
Der Verliebten oft gelauscht.

Und er lächelt (nicht verächtlich)
Und er zieht des Weges still,
Wenn sich das allsommernächtlich
Flüsternd wiederholen will.

Was der Steuerfritz dir brächte,
Glaub' mir, ist nicht halb so schön,
Als der warmen Sommernächte
Nachtigallenlustgetön.

Drum versuch's! Ein Paradieschen
Wartet heimlich in der Stadt —
Wohnt nicht nebenan das Lieschen,
Das so hübsche Zöpfe hat?

Und das Kätchen und Lisettchen
Sind noch frei, wie ich erfuhr,
Rasch doch! schreib' mal ein Billettchen,
Aber — pst! — an *eine* nur.

Und dann trinkt ihr auf mein Wöhlchen
In der Laube, lieber Sohn, —
Nachtigall und Mond und Böwlchen
Fügen dann das weit're schon! ...

Die Gans

(Eine nach Form, Inhalt und Veranlassung äußerst moderne Dichtung.)

In der Wilhelmstraße zu Berlin,
Wo viele Menschen vorüberziehn,
Geschäftsgängemachende und sich bloß Erlabende,
Ärmere und Wohlhabende,
Besonders aber die letzten,
Von den Kaufleuten (grundlos) höher Geschätzten
— Sagt ich's: in der Wilhelmstraße —
Hinter eines Erkers fein sauberem Glase,
Zwischen viel Blattwerk und Verzierung,
Auch einigen Lebern als Garnierung
Und Kaviar,
Im Lichterglanz,
Weil's Abend war,
Eine Gans!

Eine Gans, eine ganz gewöhnliche,
Gerupft, was der Tierschutz verbot,
Aber, das war das Versöhnliche,
Die Gans war tot.

Und auf dem fetten Leib war der Gans, der toten,
Befestigt ein Zettel;
Darauf stand in deutlichen, roten
Buchstaben der Preis.
Mir wurde ganz heiß,
Als ich las. Teufel, noch eins, das war kein Bettel!

Die tote Gans, ich's sagt' schon: fett und star,
Immerhin,
Es roch ein wenig nach „Kriegsgewinn",
Die tote Gans kostete: Hundertundfünfzig Mark!

In der Wilhelmstraße zu Berlin,
Wo viele Menschen vorüberziehn,
Schlichte und Betitelte,
Reiche und Minderbemittelte,
Sah ich, persönlich, im Glanz
Der Lichter
(Sah wirklich, nicht nur „als Dichter")
Diese Gans.

Nun kommt aber mehr des Sonderbaren;
Eine Dame in reiferen Jahren,
Kurz und dick,
Aber voll Schick,
Im Pelz und mit Brillanten geschmückt,
Kam, sah, stand und schien entzückt
Von dieser im Leber- und Kaviar-Kranz
Aufgehangenen Gans.
Das Kleid lupfend bis zu den Waden
— Die Treppe war schwierig,
Und die Schwelle schmierig —
Trat sie in den Laden,
Stand im vollen Lichterglanz,
Etwas kurz und dick,
Aber schick,
Sprach mit der Bedienerin,

Sprach her und hin
Und — kaufte die Gans.
Direkt aus dem Erker
Für hundertundfünfzig Märker.

In der Wilhelmstraße zu Berlin,
Wo viele Menschen vorüberziehn,
Hungrige und Gelabte,
Kluge und weniger Begabte,
Hab' ich in fleischarmer Zeit
(So was erhebt und befreit,
Dacht' ich im Weitergeh'n)
Zwei Gänse geseh'n.
Eine lebende nach der Mode
Und eine tote!

Die Strohtorte
RESTAURANT
SURROGAT

Die Strohtorte

Ich ging heim von einer Gesellschaft, in der wir die neue Strohtorte geprüft, gegessen und gepriesen hatten. Auch das Strohmehl war herumgereicht und versucht worden. Wenn man hineinblies, flog es weißstaubend, von Weizenmehl nicht zu unterscheiden, den andern in die Augen. Schwarze Gehröcke färbte es weiß. Wenn man es in den Mund nahm, schmeckte es wie anderes Mehl. Sagten wenigstens diejenigen, die offenbar schon Brotmehl, roh und ungebacken, gelöffelt hatten.

Ich war sehr müde auf dem Nachhausewege. Diskussionen über Mehlsorten machen mich immer müde. In der Elektrischen kämpfte ich mit dem Schlaf. Offenbar siegreich. Denn ich hörte den Professor Meyerle, der mitfuhr, sagen: „Hier an der Ecke steigen wir aus. Das ist das moderne Restaurant ‚Zum Surrogat‘."

Ich hatte eigentlich kein Bedürfnis, ein Restaurant zu besuchen. Aber es lag etwas Zwingendes in des Professors Worten. Etwas Suggestives.

Wir saßen im „Restaurant Surrogat".

„Wünschen Sie Wein oder Bier?" fragte der Pikkolo.

Der Professor sagte dazu: „Wein wird hier durch eine sehr verschmitzte chemische Prozedur aus Erdöl gewonnen. Bier hingegen wird durch das Abkochen alter Badeschwämme mit einem Zusatz filtrierter Abwässer der Anilinfabriken im Geschmack täuschend hergestellt."

„Dann bitte ich um einen Kornschnaps", entschied ich.

Der Professor äußerte: „Der Kornschnaps ist sehr zu empfehlen. Er wird aus Roßkastanien gewonnen."

Der Pikkolo aber hielt mir die Speisekarte hin. Ich las laut, damit auch mein Tischgenosse wählen könnte.

„Filet-Goulasch —"

„Wird aus ausrangierten Ledergamaschen hergestellt", nickte der Professor.

„Geflügelklein —"

„Aus verlassenen Vogelnestern."

„Gemischtes Fruchteis —"

„Man hat eine prachtvolle Methode gefunden, künstlich gefrorenem Schuhcrême durch Zusatz von Kleister einen Himbeer-, Erdbeer- und Orange-Geschmack zu verleihen."

„Ich möchte aber nicht mit einer Süßspeise beginnen", sagte ich kleinlaut. „Ich möchte vielleicht —"

Ich wollte sagen: „Das Lokal wechseln." Aber der flinke Pikkolo kam mir zuvor.

„Da kann ich sehr zu einem Risotto à la Milanese raten", äußerte er. „Unser Chef bereitet ihn nach der Methode Freudenthal aus alten Wollsocken mit einem köstlichen Zusatz von Wagenschmiere."

Da erschoß ich den Pikkolo.

Den Professor Meyerle aber warf ich durch die Spiegelscheibe des „Restaurants Surrogat" auf die Straße, wo er mit einem ungeheuren Knall zerplatzte . . .

. . . „Sie müssen aussteigen", sagte der Schaffner der Elektrischen. „Der Wagen fährt nicht weiter."

Und der Professor Meyerle äußerte, mich aus verschwollenen Äuglein anzwinkernd: „Kickericki —!" Und dann, wie entschuldigend, fügte er hinzu: „Ach — Sie haben auch ein bißchen geschlafen? Ich auch. Mir scheint, diese Strohtorte sättigt sehr. Und man träumt so merkwürdig nach ihrem Genuß. Mir träumte, ich war ein Hahn. Da hab' ich mit den Flügeln geschlagen und gekräht: ‚Kickericki!' . . ."

„Ja, das hab' ich gerade noch gehört", sagte ich.

Und dann sahen wir uns verständnisvoll an, der Professor Meyerle und ich, gingen ins nächste Restaurant und aßen ein Menü von sechs Gängen.

Ein Fläschchen Rheinwein

(Um 1918.)

Ist hier die Weinhandlung von Gebrüder Fridolin —?

Ja. Das heißt in der Hauptsache verkaufe ich Puppen. Haben Sie vielleicht Kinder? Ich hab' Tirolerinnen in Porzellan, Bückeburgerinnen in Wachs ...

Ich hab' keine Kinder. Ich möchte ein paar Flaschen Rheinwein kaufen.

Ein — paaaar? Ich hör' wohl nicht recht. Mehr wie eine auf einmal könnte ich auch dann nicht abgeben, wenn ...

Also schön, eine. Aber guten. Ich habe nämlich Geburtstag.

Gratuliere.

Danke. Morgen erst. Aber was könnt' ich kriegen?

Erst eine Frage: Haben Sie Pfropfen?

Pfropfen? Ist denn die Flasche nicht zu? Ich denke, da ist Kork und Stanniol ...

Sie sind wohl Dichter? Märchen-Dichter? ... Ja, wenn Sie nicht fünfzehn Pfropfen haben, dann ... Aber vielleicht nehmen Sie Auslandkeks ...? Warschauer —?

Ich war neulich erst krank.

Oder vielleicht Dauerwäsche? Aus Papier — das wird jetzt sehr teuer.

Ich denke, Sie sind Weinhändler.

Siebzehnhundertachtundneunzig gegründet. Mein Vater hat noch mit geboten — 1811 — auf den ganzen Herbst „Johannisberg", den dann der Mumm in Frankfurt für 32000 Gulden vom Marschall Kellermann gekauft hat. Dadurch ist er reich geworden. Das Stück — fünfzig waren's — hat er zu 11000 Gulden weiterverkauft. Und die Fässer hat er noch gratis vom Marschall bekommen. So'n Marschall soll schon was anderes tun, als mit Wein handeln. Apropos, Marschall! Kaufen Sie vielleicht fünftausend Ansichtskarten mit Hindenburg drauf? · Nicht sehr ähnlich, aber farbig.

Nein — nein, ich möchte Rheinwein.

Sie sind eigensinnig! Unter uns — kommen Sie mal mit ins Hinterzimmer ... So. Machen Sie die Türe fest zu — danke. Also: unter uns: ich könnte schließlich noch eine ...

Johannisberger —? Hurra!

Was heißt: hurra?! Bin ich der Fürst Metternich?

Aber ich hab' da noch eine Achtzehnhundertsiebenundneunziger — famoses Weinjahr — wenig, aber gut. Anders, wie jetzt —

Wieso?

Nu, jetzt heißt's: nischt, aber schlecht. Ein Tröpfchen, sag' ich Ihnen — brandig, gärig, hochfarbig — na eben: Rheingau!

Was ist's? Österreicher? Rauenthaler? Winkeler? Rüdesheimer oder Hochheimer?

Sie verstehen auch was vom Wein! Sie sollten

Puppen kaufen! Hochheimer ist doch kein Rheinwein, sondern ein Main-Wein!

Ich wollt' schon, 's wär' mein Wein. Also, was ist's?

„Erbacher“ steht auf dem Etikett. Ein Etikett hat er nämlich auch — trotz der hohen Papierpreise.

Erbacher —? Großartig! Nun sagen Sie schon: Markobrunner.

Das sag' ich nun wieder nicht.

Also nach der anderen Seite zu — nach dem Eichberg zu, wo die Irrenanstalt ist?

Ne — ne — Erbacher — richtiger Erbacher. Unter uns: der Fabrikant — ich meine der Produzent heißt Erbach.

Ach soooo? Dann ist's aber gar kein richtiger Erbacher?

Haben Sie in letzter Zeit schon mal 'ne „richtige“ Wurst, ein „richtiges“ Brötchen, ein „richtiges“ Goulasch gesehen? Warum soll der Erbacher allein „richtig“ sein? Vom Eichberg —? Auf dem Eichberg sind sie all' nicht „richtig“ . . .

Also schön — was kostet die Flasche Erbacher?

Hm. Sie sind — Selbstkonsument?

Ja. Ich sag' Ihnen doch, ich hab' Geburtstag und — —

Den wievielten?

Interessiert Sie das? Den dreißigsten.

Wie sich das trifft — ich hab' ne Tochter, die ist neunundzwanzig. Schön ist sie nicht — wer ist jetzt schön? — aber lieb. Sie kann's bloß nicht so herauslassen, weil sie ein bißchen einen Sprachfehler . . . Aber die, — verstehn Sie gut — die bekommt einmal die Flasche Erbacher mit. Wer die einmal nimmt, den kostet der Wein gar nischt.

Und ohne Ihr Fräulein Tochter — was kostet die Flasche Erbacher dann?

Tja . . . Kommen Sie her, ich will's Ihnen ins Ohr sagen.

— — — — — — — — — — — — — — — — —

Anton!

(Der Küfer — ehemals — jetzt Hausdiener kommt.)

Anton — laufen Sie mal rasch zum Arzt. Ein Kunde von mir hat 'nen Schlaganfall bekommen.

Ruhm

Mein Onkel — er ist Geheimrat a. D. — hört auf dem linken Ohr nichts mehr, aber sieht alles — hat einen berühmten Stammtisch. Zweimal in der Woche kommen die Herren zusammen, und da es lauter alte Herren sind, die im Leben sich umgesehen und eine Rolle gespielt haben, so rechnete ich es mir stets zur hohen Ehre, wenn ich mal an diesem Stammtisch hospitieren durfte.

Kürzlich kam ein guter Freund von mir hier durch, und ich wollte ihm den großen Vorzug solch interessanten Abends gönnen, machte also mit ihm meinem Onkel einen Besuch und schrie dem ins rechte Ohr, mein Freund habe den Herzenswunsch, einmal in die berühmte Tafelrunde eingeführt zu werden.

„Können wir machen", nickte mein Onkel gnädig und strich sich das sauber rasierte Kinn. „Sie werden da einen sehr interessanten Herrn kennen lernen ..."

„Was denn, Onkel! Einen? Der ganze Tisch sitzt doch rundum voll interessanter Männer! Da ist doch z. B. die alte Exzellenz, der —"

„Ach so," nickte der Onkel, „der gute Roderich — tja, was ist nu viel mit dem? Der war in seiner Jugend viel bei Cavour im Hause, ja, und hat so'n bißchen bei der Einigung Italiens mitgeholfen ..."

„Ja, und Garibaldi, den —"

„Nu ja, den hat er auch gut gekannt; hat noch Briefe

von ihm, Bilder und all so was. Aber was ist da schon viel bei?!"

Ich war etwas ärgerlich. „Na und dann" — sagte ich — „der Forschungsreisende — wie heißt er doch gleich?" ...

„Ach, der Eduard" — es ist die Angewohnheit meines Onkels, seine Freunde stets nur beim Vornamen zu nennen; was nicht viel zur Verdeutlichung beiträgt — „ach, der Eduard —! Nu, was denn schon!? Der ist als blutjunger Bursch mit Baker ins Nil-Seen-Gebiet gereist und hat den Albert-Nyanza ein bißchen mitentdeckt."

„Na — Onkel, und der Professor ...!"

„Ach, Du meinst den Oswald — nu ja, der hat noch als Junge unter Werner Siemens gearbeitet — wissen Sie, wie sie das dynamoelektrische Prinzip ausprobiert haben — später ist er dann selber unter die Erfinder gegangen — hat automatische Bremsen erfunden und so'ne Sachen. — Aber was ist da schon viel bei?!"

„Na — und dann der General ..."

„Ah — Du meinst Heinrich — ja, brasilianischer General — allerdings — hat 'ne Rolle gespielt bei der brasilianischen Revolution im Jahre 1889 — dreimal verwundet, beinah erschossen — übrigens auch paarmal um die Erde gefahren und Studien über die Menschenfresser am Kongo veröffentlicht ... Aber was ist da schon viel bei?!"

„Das scheint wirklich," — mischte sich jetzt mein Freund ins Gespräch, der mit großen Augen dabei gesessen —

„wirklich ein hochinteressanter Stammtisch — und ich bin Ihnen, verehrter Herr Geheimrat, sehr dankbar, daß . . .“

„Ne, wissen Se,“ unterbrach mein Onkel, „interessant ist der Tisch jetzt erst geworden. Tja, wie ich Ihnen sage. Jetzt haben wir seit ein paar Wochen einen Herrn Huber als Hospitanten — also verstehn Sie, das ist noch ein junger Mann — aber denken Sie bloß —“

„Auch schon großer Erfinder? Afrikareisender —? Weltumsegler —?“

„Ne — ne. Viel interessanter! Was wär' auch da schon viel bei! Aber — denken Se — Das heißt warten Sie — wenn wir gleich gehen, treffen wir ihn noch am Stammtisch — er kommt und geht immer früh — überhaupt ein merkwürdiger Mensch —“

Wir zogen uns — vom Onkel Geheimrat bestürmt — die Mäntel an und eilten die Treppe hinab.

Auf der Straße fragte ich: „Ja, Onkel, Du hast uns noch immer nicht gesagt — was mit dem Mann los ist, dem interessanten Herrn Huber?“

Der Onkel blickte besorgt nach der Uhr und winkte einer Droschke.

„Ja denkt Euch —“ sagte er im Einsteigen — „wie der Mann ein Kind war, haben seine Eltern mal mit Hindenburg in einem Hause gewohnt!!“

Kunstversteigerung 1918

Der Auktionator: Wir kommen jetzt zur farbigen Handzeichnung eines Primitiven. Ich bitte die Herren Reflektanten das Bild zu besichtigen. Es hat die Größe zwanzig auf fünfundzwanzig Zentimeter und ist unsigniert.

Der Kriegsgewinnler (zu seinem Nachbar): Is das e Bild, was er da in der Hand hat?

Der Museumsdirektor: Sie hören doch: Handzeichnung eines Primitiven.

Der Kriegsgewinnler: So? Ich hab' gedacht, es is e Streichholzschachtel.

Der Snob: Kann man nicht die Tür nach dem Nebensaal öffnen?

Der Auktionator: Warum?

Der Snob: Ich möchte das Kunstwerk gern durchs Glas auf seine Fernwirkung prüfen.

(Die Tür zum Nebensaal wird geöffnet, der Snob zieht sich an dessen Hinterwand zurück, steigt auf einen Stuhl und betrachtet durch ein Fernglas das Bildchen.)

Der Kriegsgewinnler: Wer war der Herr Primitiv?

Der Schieber: Eine Nepperei! Steht gar nicht im Katalog!

Ein Konservator: „Primitiv" ist lateinisch.

Der Kriegsgewinnler: Nu, wozu gewinnen wer

den Krieg? Kann er's nicht deutsch sagen? Lateinisch is nich mehr Mode!

Der Konservator: Primitiv heißt „ursprünglich" und bezeichnet ...

Der Kriegsgewinnler: Wie heißt „bezeichnet" — der da vorn sagt doch: es ist nich bezeichnet.

Der Konservator: Herr des Himmels! (Er setzt sich an einen anderen Platz.)

Der Snob (kommt wieder vor): Ich werde mitbieten. Ich habe vom Cinquecento genug.

Der Kriegsgewinnler: Einen Tschinkweschento muß ich auch haben — die Leut' reden immerzu von dem. Aber meinen Se, es steht einer im Katalog?

Der Snob: Ich sammle jetzt ausschließlich die Primitiven.

Der Schieber: Ach, davon jibt's mehrere? ... Schon faul!

Der Kriegsgewinnler: Sie, Herr Nachbar, da in dem Lexikon hier, was ich mir gekauft hab', da steht ein Primaticcio — is er das?

Der Museumsdirektor: Aber nein — Francesco Primaticcio war ein Vertreter des italienischen Manierismus. Er hat mythologische Fresken gemalt.

Der Kriegsgewinnler: Fresken — kann ich mer nicht in meinen Salon hängen.

Der Museumsdirektor: Sie hörten ja: das Bild ist von einem Primitiven gemalt — namenlos.

Der Schieber: Nun — der Name findet sich schon, wenn's der Richtige kauft. Ich hab' voriges Jahr einen

Heiligen Sebastian von Rubens für 500000 Mark verkauft, der war drei Jahr vorher noch ein seliger Hieronymus von Abraham van Diepenbek — und vor zwanzig Jahren war er ein heiliger Tobias von Erasmus Quelinus, und wie er noch in der guten Stube beim Schuster von meinem Vater gehangen hat, war er gar nix von gar niemand.

Der Kriegsgewinnler: Aha — da hat er auch als Primitiver angefangen. Nu versteh' ich.

Der Auktionator: Ich versteigere also jetzt Nr. 241: den Primitiven — farbige Handzeichnung. Wer bietet?

Der Museumsdirektor: Zweihundert Mark.

Der Schieber: Fünfhundert.

Der Kriegsgewinnler: Dreitausend.

Der Schieber: Viertausend.

Der Museumsdirektor: Aber, meine Herren, was Sie da tun, ist ...

Der Kriegsgewinnler: Lassen Sie sich von dem Herrn da erzählen die Geschichte von dem Rubens, der auch emal e Primitiver war. Fünftausend!

Der Auktionator: Fünftausend — zum ersten!

Der Snob: Zwanzigtausend.

Der Kriegsgewinnler: Donnerwetter! Wenn ich wieder auf die Welt komm', werd' ich auch e Primitiver! Dreißigtausend.

Der Auktionator: Dreißigtausend — zum ersten.

Der Schieber: Vielleicht hat er recht — und es wird schließlich auch ein Rubens. Fünfzigtausend!

Der Konservator (nimmt Hut und Mantel und geht).

Der Kriegsgewinnler: Der kriegt schon kalte Füß'! Warten Se mal — das kommt noch viel besser. Sechzigtausend!

Der Snob: Siebzigtausend!

Der Schieber: Am End is es wirklich was wert? Achtzigtausend!

Der Kriegsgewinnler: Das hätten sich meine norwegischen Salzheringe auch nit träumen lasse, daß se mal so in Öl angelegt werde — neunzigtausend.

Der Snob: Wenn's etwas kleiner wär', das Bildchen, wär' ich bis hunderttausend gegangen. Zwanzig auf fünfundzwanzig Zentimeter ist mir ein bißchen zu groß.

Der Auktionator: Neunzigtausend — zum ersten.

Der Schieber: Hunderttausend!

Der Museumsdirektor (geht hinaus und erhängt sich mittels seines Hosenträgers an einem Garderobenständer. Das letzte, was er hört, ist: „Hunderttausend — zum ersten!").

Abreise

(Sommer 1917.)

Lehmann: So, jetzt ist alles gepackt — zwei große Koffer ... schon expediert. Hutschachtel, Handtasche, Schirme, Feldstecher, Kodak — alles da ... Ist die Droschke noch nicht zu sehen, Minna?

Minna, die Köchin: Eben is se vorjefahren, Herr Lehmann — se fährt en bisken auf und ab, bis daß Se kommen.

Lehmann: Warum denn auf und ab? Sie soll doch lieber vorm Hause stehen.

Minna: „Stehn" kann der Gaul nich, sagt der Kutscher, dazu ist er zu nervös.

Lehmann: Schön — also dann rinn mit'm Handgepäck! Auguste, nehmen Sie die Tasche —

Auguste, das Hausmädchen: Hat der Herr Lehmann auch die „Brotkarte"?

Lehmann: Herrje nein — Minna, meine Brotkarte!

Minna: Hier, Herr Lehmann — nee, warten Se man, das is ja die „Seifenkarte".

Lehmann: Machen Se schon, los! Nur noch fünfundvierzig Minuten —

Auguste: O je — bis zum Anhalter? Das schafft das Pferd nicht. Der Kutscher sagt, er fährt lieber nach'm Lehrter.

Lehmann: Das glaub' ich. Mein Zug geht aber nicht vom Lehrter und nicht vom Zeughaus, sondern vom —

Minna: Haben Se die „Kartoffelkarte", Herr Lehmann?

Lehmann: Nee. Aber warten Se, da fällt mir ein — auf meinem Schreibtisch — unter dem Briefbeschwerer mit der Bronzegans darauf — da liegt die letzte „Kriegskarte" — geben Se mal rasch, Auguste!

Minna: Grießkarte? Gibt's die jetzt auch? Fein, wo Herr Lehmann so jerne Grießklöße essen.

Lehmann: Blöd! Kriegskarte — nicht Grießkarte.

Auguste: Hier is se, Herr Lehmann.

Lehmann: Nu hätten Se auch gleich die „Generalstabskarte" von Thüringen mitgreifen können. Ich will doch Fußtouren machen!

Minna: Aber die „Fleischkarte" — Herr Lehmann —

Lehmann: Erschrecken Sie mich doch nicht immer so mit Ihrem Gebrüll! Nicht alles so plötzlich!

Minna: Aber wenn Se keine „Fleischkarte" nicht haben, müssen Se doch immer Spinatersatz essen.

Lehmann: Brrrr! Wo is die „Fleischkarte" —?

Auguste: Herr Lehmann, der Kutscher läßt sagen, wenn Se nun nicht kommen, fährt er erst die Dame von Nr. 7 zum Zahnarzt.

Lehmann: Um Gotteswillen — Aber erst noch meine Visitenkarten! Links im Stehpult, Minna!

Auguste: Und die Ansichtskarten, Herr Lehmann — mit Ihrer Wohnung, daß Se den Leuten zeigen können, wie daß Se in Berlin wohnen.

Minna: Der Kutscher läßt Ihnen sagen, Herr Lehmann — —

Lehmann: Nu weiß ich's schon. Adiö! Laßt's Euch gut gehn. Verderbt Euch nicht die Mägen ... Kutscher, können Sie denn nich en Moment still halten, bis ich eingestiegen bin?!

Der Kutscher: Nee — wenn Se nich so können — dann fahr' ich die Dame mit's Zahnweh.

Lehmann: Hupp — drin wär' ich. Los — Anhalter! ... Hab' ich nu alle Karten: Brotkarte — Visitenkarte — Kartoffelkarte — Generalstabskarte — Fleischkarte — Kriegskarte — Seifenkarte — Ansichtskarte — gottlob! Ah — noch zwei Minuten bis zur Abfahrt. 's wird gerade noch gehn. Was macht die Fahrt? Sechs Mark zehn — Donnerwetter. Können Sie auf zehn Mark herausgeben, Kutscher?

Der Kutscher: Wie? Ich bin ein bißchen schwerhörig.

Lehmann: Dann behalten Sie's!

Der Kutscher: Danke. Det hab' ick verstanden.

Lehmann (stürzt, schweißtriefend, die Treppe hinauf und an die Sperre): Ist das der Zug nach Thüringen?

Der Knipser an der Sperre: Jawoll. Gleich fährt er ab. Halt — halt, Herr! Ihre Karte!

Lehmann: Was denn schon wieder für eine „Karte"?

Der Knipser: Nu, die Fahrkarte!

Lehmann: Donnerwetter — das ist nun die einzige Karte, die ich vergessen habe!

(Der Zug nach Thüringen fährt ab. Herr Lehmann sitzt vernichtet auf seiner Handtasche.)

Kultur

(Ein Gespräch zweier Zambesi-Neger im französischen Schützengraben.)

Wir werden morgen die Hunnen alle massakrieren, sagt der Hauptmann. Warum werden wir das eigentlich tun? Schmecken sie besonders gut?

Ich weiß nicht. Aber der Hauptmann sagt, wir müssen sie umbringen, weil sie keine Kultur haben.

Das ist doch seltsam. Bei uns zu Haus am Zambesi, nicht wahr, bringen sie die Feinde um, weil sie etwas *haben*. Zum Beispiel, weil sie Schafherden haben oder Elfenbein oder Glasperlen. Aber sie bringen keine Feinde um, weil die Feinde etwas *nicht* haben.

Das ist auch vernünftig, denn was die Feinde *nicht* haben, wenn sie leben, kann man ihnen doch auch nicht nehmen, wenn sie tot sind.

Ja, aber der Hauptmann sagt, wir wollen den Hunnen ja auch die Kultur nicht nehmen, die sie nicht haben, sondern wir wollen den Hunnen die Kultur bringen.

Wie sollen wir das machen? Ein Toter hebt keine Hände zum Nehmen, breitet kein Lendentuch aus, um sich etwas hineinschütten zu lassen. Ein Toter liegt still und sieht nicht, was du ihm schenkst. Wie sollen wir den massakrierten Hunnen Kultur schenken?

Der Hauptmann sagt: Wenn wir die Hunnen massakrieren, so werden ihre Kinder, die noch klein sind und weit hinten in den Bergen, daran merken, was Kultur ist. Und er sagt, wir werden ihre Frauen für uns haben und ihre Kinder als Sklaven für uns arbeiten lassen, sagt der Hauptmann. Und das ist Kultur.

Wenn das Kultur ist, dann haben wir sie doch schon gehabt am Zambesi, ehe die langbeinigen, steifen Menschen mit den Holzgesichtern kamen — wie heißen sie doch?

Engländer. Und es sind jetzt unsere Bundesgenossen; und sie bringen mit uns den Hunnen die Kultur.

So, tun sie das? Aber ich denke, ehe die langbeinigen, steifen Menschen mit den Holzgesichtern kamen und uns Kultur an den Zambesi brachten, haben wir schon die Frauen unserer Feinde genommen und ihr Land und ihr Gold und Elfenbein und haben schon ihre Kinder für uns arbeiten lassen. Das brauchten wir also nicht mehr zu lernen.

Nein. Aber wir haben viele Holzgötter gehabt und tanzende Medizinmänner — dafür haben uns die langbeinigen, steifen Menschen mit den Holzgesichtern einen neuen Gott gegeben und weise Männer, die von ihm reden und unsere Medizinmänner aus dem Lande geprügelt haben. Die hießen sie Missionare.

Da sprichst du recht. Die Prügel waren eben Kultur. Und wir sterben noch genau so, wie früher, und wenn wir tot sind, verfaulen wir nicht anders, wie früher, da wir die Holzgötter hatten und die Medizinmänner tanzten.

Ja, aber die langbeinigen, steifen Menschen mit den Holzgesichtern haben uns Glasperlen gebracht — allerdings haben sie dafür unser Gold genommen und unser Elfenbein. Aber die Glasperlen, das war, glaub' ich, Kultur.

Gewiß war das Kultur.

Aber das ist doch merkwürdig, daß hier, wo sie Kriege führen, weil die andern keine Kultur, also keine Glasperlen haben, wie die Hunnen, die Kultur gar nichts wert ist.

Wieso das?

Versuch's doch einmal, die Glasperlen, die uns die Missionare gebracht haben, hier zu verkaufen. Dafür hast du Gold und Elfenbein gegeben und hier wirst du ausgelacht, wenn du Gold oder Elfenbein dafür wiederhaben willst.

Das ist wahr. Aber in dem Feuerwasser, das uns die englischen Missionare mit den dicken Büchern, wo das Kreuz drauf war, gebracht haben, da war Kultur drin! Das war ein Wasser voll Weisheit — denn ich habe, wenn ich viel davon getrunken, stets doppelt so viel Missionare gesehen, als wirklich da waren. Und mitten auf dem Lande ist mir's gewesen, als sitze ich in einem Schiff, und es ist großer Sturm.

Ich erinnere mich des Sturmes sehr wohl. Aber am andern Tag war mir immer sehr elend nach dem Feuerwasser. Und ich habe allen Schöpsenbraten wieder von mir gegeben — und meine Weiber haben auf die Kultur geschimpft, wenn sie die Hütte mit dem Palmenbesen ausgefegt haben.

Deine Weiber haben nicht so unrecht gehabt, denn

siehst du, hier verbieten sie uns die Kultur. Wir dürfen das Feuerwasser hier nicht trinken, für das wir Gold und Elfenbein gegeben haben.

Das ist wahr. Aber warum sollen wir den Hunnen die Kultur bringen, die sie uns hier nicht zu trinken erlauben?

Vielleicht haben die Hunnen doch noch Geld und Elfenbein, das sie für die Kultur hergeben sollen.

Also, du meinst, unsere Bundesgenossen sammeln Gold und Elfenbein?

Es muß wohl sein. Aber sie sammeln auch Kultur. Ich habe gehört, der Häuptling der langbeinigen, steifen Menschen mit den Holzgesichtern trinkt selbst sehr viel Kultur. Und dann sieht er die Missionare doppelt und auch die Pferde, auf die er steigen will. So kommt's, daß er leicht von dem einen Pferd fällt, weil er meint, er sitzt auf zweien.

Ah — jetzt weiß ich, was Kultur ist: Glasperlen, die daheim nichts gelten, gegen Gold und Elfenbein tauschen, das der Feind hat. Und Kultur ist, auf einem alten Gaul sitzen und sich einbilden: man sitzt auf zwei feurigen Rossen.

Ich weiß nicht, wenn das Kultur ist, ob ich die Kultur so sehr loben soll. Denn siehst du, wenn wir den Hunnen wirklich Kultur brächten, so müssen ihre Weiber immerzu mit dem Palmenbesen die Hütten sauber machen.

Jetzt bin ich ganz wirr. Weißt du, Bruder, ich werde morgen den Hauptmann fragen, was Kultur ist.

Tu das nicht! Bruder, ich rate dir gut. Einer von

den Anamiten — die so schlecht riechen, weißt du; aber sie sagen, wir riechen schlecht — einer von den Anamiten hat kürzlich den Hauptmann danach gefragt. Da hat der Hauptmann ihm fünfundzwanzig Stockhiebe geben lassen und hat gesagt: „Warte, mein Sohn — ich werde dir schon ‚Kultur' beibringen!"

Wenn das wahr ist, mein Bruder, was du sagst — dann sind also auch Prügel Kultur?

Es muß doch wohl so sein.

Hm — hm . . . Dann scheint's mir aber nach allem, was wir erleben, als ob die Hunnen uns „Kultur" bringen, und nicht wir ihnen . . .

Die Sprüche des Confucius

Durchgesehen und verbessert von Yuanschikai.

Auf geraden Wegen gehen nur die Narren. Denn auf geraden Wegen kann jeder, der hinter dir geht, dich genau sehen; und er sagt sich: „Aha — da geht er!" Und: „Aha, dahin geht er!" Aber ein krummer Weg macht Biegungen und Schnörkel und verbirgt deinen Gang dem hinter dir Folgenden. Und er sagt sich: „Wohin geht er?" Aber er weiß es nicht. Darum, mein Sohn, ziehe die krummen Wege den geraden vor. Es sind die kürzeren.

Die Bescheidenheit ist eine schöne Tugend. Ist aller Tugenden schönste. Ferne sei es von dir, o mein Schüler, daß du je nicht bescheiden bist. Aber deine Freunde, so sie deine wahren Freunde sind, werden dich zuzeiten zwingen, unbescheiden zu sein, und deine Hände nach güldenen Reifen auszustrecken, die du so gar nicht magst. Tun sie nicht so, deine Freunde, so lasse sie köpfen!

Wenn du mehrere Söhne hast, die nichts taugen, so macht das nichts; sofern du nur eine Tochter hast, die mal einen Kaiser heiraten kann.

Das richtige Alter für einen Herrscher, zu heiraten, ist: neun Jahre. So lernt er, daß ihm die Frau ein Spielzeug sein soll — nie mehr.

Es gibt belehrsame Spielzeuge, die vom Vater einem artigen Kinde geschenkt werden, damit sie es beherrschen.

Tue in Staatsdingen nie, was dich dein Ehrgeiz heißen könnte. Denn Ehrgeiz ist niedrig. Befrage alle deine Freunde, die dein Herz kennen, was du tun sollst. Und handle, wie sie dir raten. Vergiß aber nicht hinter jeden deiner Freunde einen Henker mit bloßem Schwert zu stellen, wenn du sie fragst. Es kommt viel weniger darauf an, o mein Freund, daß du stets das Richtige tust, als daß du alles, was du tust, zur rechten Zeit tust. Du kannst auch mit dem Schnelläufer um die Wette laufen, wenn ihm gerade sein Hosengurt geplatzt ist.

Die Abendländer lesen so lange Bücher, bis sie eine Brille aufsetzen müssen, um ihren Nachbar von einem Ichneumon zu unterscheiden. Wenn du die Brille schon vor dem Studieren aufsetzt, so glaubt dein Nachbar dir bereits die Gelehrsamkeit. Aber den Ichneumon täuschst du nicht.

Wir Chinesen haben das Porzellan und das Schießpulver längst vor den Europäern erfunden. Die Erfindung des Porzellans haben wir veredelt, die Erfindung des Schießpulvers haben wir wieder vergessen. Wenn uns Europa sehr unangenehm daran erinnert, nennt es das überlegene Kultur.

Wenn zwei sich prügeln auf der Straße, tritt in ein Haus und besuche einen Friedlichen. Die Türe schließe hinter dir; aber aus dem Fenster des Friedlichen laß' dir die Prügelei des andern ein freundliches Schauspiel sein.

Wenn du den Topf eines anderen zerbrichst, so zerbrich ihn so, daß er ihn niemals mehr brauchen kann. Denn du hast selber Töpfe genug. Wenn du aber den goldenen

Stuhl eines anderen zerbrichst, zerbrich ihn nur so, daß du dich schließlich noch selber drauf setzen kannst.

Zu uns kommt eine fremde Lehre: Du sollst deine Feinde lieben. Wir haben eine eigene uralte Lehre: Der Tod ist das bessere Leben. Darum, o mein geliebter Schüler, verbinde die gute fremde, mit der guten uralten Lehre deiner Väter und lasse alle deine Feinde, so du kannst, aufhängen.

Krieg ist ein Stahlbad für die Welt. Es gibt aber Leute, die steinalt werden, ohne zu baden. Dann sind sie nicht die reinlichsten — aber die Lebendigeren.

Was bei uns ein Mandarin wird und die Ruhmesleiter der Würden erklimmt, bekommt ein farbiges Knöpfchen auf die Mütze. Unser russischer Freund muß ein großer Mandarin sein, denn er bekommt immerzu eins auf die Mütze.

Furchtbare Barbareien

Nachdem wir kürzlich erst das Vorhandensein von schrecklichen Lederpeitschen auf deutschen Schiffen konstatiert (daß diese zum Kleiderreinigen dienen, ist eine lachhafte Ausrede der Deutschen. Seine Kleider zieht man zuweilen mal aus oder wendet sie mal, aber man „reinigt" sie doch nicht!), können wir heute die Liste der erweislichen Barbareien der Deutschen noch um einige schier unglaubliche Scheußlichkeiten vermehren.

Die deutschen Soldaten werden von ihren Vorgesetzten gezwungen, morgens früh, unmittelbar nach dem Aufstehen, ein vom Drechsler gearbeitetes Stück Bein oder Knochen in den Mund zu stecken und damit rechts und links unter den Backen die Zähne und das Zahnfleisch (!!) entlang zu fahren. Am unteren Ende dieses gedrechselten Knochens sind Schweineborsten (!!) eingelassen, die durch diese ekelhafte Prozedur Minuten lang auf den Zähnen der Unglücklichen hin- und herfahren.

Von den eben dem warmen Bett entstiegenen Soldaten wird verlangt, daß sie sofort kaltes Wasser auf die nackte Haut bringen. Aber nicht genug mit dieser unnützen Grausamkeit, die Vorgesetzten der Unglücklichen lassen in besonderen Fabriken kleine viereckige oder runde Präparate herstellen, die sich anfühlen wie gefrorene Pasten. Diese Pasten, mit Wasser benetzt oder vermengt, ergeben einen ekelerregenden weißlichen Schaum, den sich die armen Soldaten überall hin auf den nackten Körper schmieren müssen, bloß um ihn nachher mit Wasser wieder fortzunehmen. Die unnütze Quälerei solcher Prozedur, die doch auch das Ungeziefer sehr beunruhigen und dadurch doppelt lästig machen muß, leuchtet jedem ein.

In jeder Etage jeder Kaserne hat man mehrere kleine, fast lichtlose Folterkämmerchen entdeckt. Das schreckliche Ameublement dieser furchtbaren Gelasse besteht nur in einer sitzartigen, etwa kniehohen, fest in die Wand eingelassenen Brettervorrichtung, in deren Mitte sich ein kreisrundes Loch befindet, reichlich groß genug, den Kopf hindurchzustecken. Durch dieses Loch wird nun offenbar der Schädel des unglücklichen Soldaten gestoßen und befindet sich dann in einer Art Porzellantrichter, der durch eine raffinierte Vorrichtung vermittels Druckes auf einen Metallknopf oder vermittels Ziehens an einer Kette unter Wasser zu setzen ist. Auf diese grausame Weise werden offenbar widerspenstige Soldaten ertränkt oder mindestens einer barbarischen Wasserfolter unterworfen. Aus dem Holz der Türen zu diesen Schreckenskammern hat ein brutaler Humor vielfach oben kleine Herzchen ausgeschnitten. Doch fehlt diese „Verzierung“ wieder an anderen Türen und ist dort durch zwei aufgemalte Nullen ersetzt; vermutlich damit durch das Geschrei der Delinquenten die Offiziere nicht in ihren Orgien gestört werden.

Der kalifornische Pfirsich

(Ein Zukunftsbildchen, von England aus geschaut.)

Der Holländer Jan van de Kerke hat eine Schwester in Kalifornien verheiratet. Er selbst wohnt in Amsterdam und ißt gern Pfirsiche. Die Schwester weiß das und schickt ihm zu seinem Geburtstag aus Los Angelos eine Büchse kalifornische Pfirsiche.

Die Büchse kommt mit dem Dampfer „Voorspoed" in Southampton an. Die Papiere sind in Ordnung, die Ladung auch. Bloß — da ist aus Los Angelos eine Büchse kalifornische Pfirsiche, adressiert an den Holländer Jan van de Kerke. Die Büchse wird zurückbehalten. Der Dampfer fährt ab. Der Holländer Jan van de Kerke erhält von der englischen Hafenbehörde zwei Tage später dieses Schreiben:

„Da in Southampton eine für Sie bestimmte Sendung aus Amerika hier lagert, stellen wir anheim, zu eventueller Freigabe dieser Sendung persönlich bei der unterzeichneten Behörde in London vorzusprechen."

Der Holländer Jan van de Kerke fährt also von Amsterdam nach London, um aus Los Angelos eine Büchse kalifornische Pfirsiche in Empfang zu nehmen.

Zwischen ihm und dem englischen Beamten entspinnt sich die nachfolgende Verhandlung:

„Sie sind der Holländer Jan van de Kerke aus Amsterdam persönlich? Können Sie das beweisen?"

„Bitte, hier ist mein Geburtsschein, mein Abgangszeugnis von der Schule, mein Militärpaß und mein Ausweis der Polizei von Amsterdam."

„Hm. Fehlt der Impfschein!"

„Doch nicht, bitte: hier."

„Hm. In dem Abgangszeugnis ist was radiert?"

„Da hatte der Direktor einen Tintenklex gemacht."

„Hm. Tintenklexe sind verdächtig. Sind Sie verheiratet?"

„Ja, hier ist der Trauschein."

„Ist Ihre Frau etwa eine Deutsche?"

„Nein. Sie ist in Hilversen geboren."

„Sie sprechen das Holländische mit deutschem Akzent?"

„Ich stoße etwas mit der Zunge an. Das ist ein kleiner Geburtsfehler aller van de Kerkes."

„Hm. Ihre Eltern lebten aber in Deutschland —?"

„Nein. Sie haben nur einmal Verwandte dort besucht. Eine Stiefschwester meiner Mutter hat einen in Deutschland lebenden Schweizer geheiratet."

„Hm. Er hieß Sulzberger, hatte ein Uhrengeschäft in Berlin und ist im Jahre 1905 an Rippenfellentzündung gestorben. Wir haben das in den Akten. Schade, diese Mesalliance Ihrer Stieftante macht es mir unmöglich, Ihnen die ganze Sendung Pfirsiche auszuliefern!"

„Mein Gott, es sind doch überhaupt nur zwei Pfund."

„Das macht nichts. Ich könnte Ihnen ein Pfund — (er blättert in den Akten) Holla! Ich sehe eben, Ihr

Großvater mütterlicherseits liegt in Wiesbaden begraben — im preußischen Wiesbaden!"

„Ja, pardon — er starb dort als Kurgast im Jahre 1862. Damals war Wiesbaden noch die Hauptstadt des Herzogtums Nassau."

„Damals", geht uns nichts an. „Heute liegt's in dem leider noch bestehenden Preußen!"

„Aber mein Urgroßvater war Holländer, sprach kein Wort deutsch, wollte nur vier Wochen in Wiesbaden die Kur gebrauchen und starb am Schlagfluß schon beim Aussteigen aus dem Kupee auf dem dortigen Taunus-Bahnhof."

„Aber er liegt in Wiesbaden und hat es nicht für nötig befunden, sich nach Holland überführen zu lassen. Mithin hat die Familie in zwei Fällen Deutschland zu verdienen gegeben."

„Ja, wieso denn —?"

„Durch Beerdigungen. Ich kann Ihnen unter diesen Umständen leider auch die andere Hälfte der kalifornischen Pfirsiche nicht ausliefern. Das Vorleben oder besser in diesem Falle das Vor-sterben Ihrer Familie bietet keine Garantien."

„Ja, aber —"

„Bedaure. Die Büchse — können Sie haben. Ohne den Nahrungszwecken dienenden Inhalt."

„Ja, was mach' ich denn mit einer leeren Büchse?"

„England ist nicht dazu da, Welträtsel zu lösen. England treibt praktische Politik. Und die praktische Politik Englands verbietet einem Holländer den Empfang kalifornischer Pfirsiche, wenn nachweislich zwei Verwandte des Genannten sich in Deutschland befinden und keine Miene machen, dieses kulturlose Land zu verlassen."

„Aber — die beiden sind doch seit vielen Jahren tot und begraben und ..."

„Um so unwahrscheinlicher wird ihre Rückreise nach Holland. — Der Nächste!!"

Am Hibachi

Ich kenne den Marquis Dairi, der direkt von Tenszio-doni-szin abstammt. Sein Vater hatte einen Palast in Maki-nuku in der Provinz Jamato und war durch den Handel mit Tintenfischen reich geworden. Seine Mutter war eine Geisha, hieß Tama-jori-fime und hatte die kleinsten Füße und die geschlitztesten Augen in der Provinz Kawatzi.

Der Marquis Dairi ist angeblich gleich bei Kriegsausbruch nach Hause gereist. Als ich aber neulich einer Dame eines meiner Kimonos schenken wollte, fiel der Marquis Dairi heraus, der sich — wohl um zu spionieren — darin verborgen hatte. Er roch sehr nach Mottenpulver; denn er hatte sich im Herbst mit einmotten lassen und sah mich so unschuldig, wie das nur ein japanischer Marquis kann, aus seinen geschlitzten Augen an, die er geerbt hatte von seiner Mutter Tama-jori-fime, die die kleinsten Füße in der Provinz Kawatzi besaß.

Und der Marquis Dairi lächelte mich an, wie nur ein Japaner aus der Provinz Jamato lächeln kann. Er rieb sich zur Begrüßung die Kniescheiben und zitierte aus dem Ein-kagani-gusa: „Man muß nie aufhören zu studieren. Selbst während der Zeit eines nicht völlig geholten Atems. Nach dem Tode wird man sich schon ausruhen können."

Ich sah dem Marquis Dairi an, daß er mir diese Ruhe

verschaffen wollte durch einen Boxerhieb unter das Kinn, verbunden mit einem Fußtritt in die Dickdarmgegend, die zweiundzwanzigste Figur des Ju-Jtsu.

Da ich aber selbst Ju-Jtsu gelernt habe, kam ich ihm zuvor und schlug ihn durch die vierundsechzigste Figur — ein Faustschlag in die Nasenwurzel in Kombination mit einem Doppeltritt an die beiden Schienbeine — nieder.

„Das ist auch gut", äußerte der Marquis, der in eine Zimmerecke flog, und lächelte mich an, während er das Blut aus der Nase in einen Aschenbecher fing.

„Nun können wir uns ruhig unterhalten," sagte ich zu dem Marquis. „Sie sind Diplomat und werden's mir also sagen können: was haben Sie mit China vor?"

„Wandschirme und Menschen stehen nicht gerade", lächelte der Marquis. „Ich glaube, mir ist ein Schienbein zerbrochen; weshalb ich zu erlauben bitte, daß ich liegend antworte. Mit dem geliebten Lande China wollen wir nur Gutes. Wir wollen seine Sänftenträger sein, verstehen Sie?"

„Nein", sagte ich.

„Oh, das ist sehr einfach. Wir wollen China höflich bitten, in einer bequemen Sänfte Platz zu nehmen, in der für allen Komfort gesorgt ist. Dann lassen wir die seidenen Vorhänge herunter, damit es nicht durch die Blicke der Neugierigen belästigt wird, und tragen es ganz sachte und sehr behutsam ein gutes Stück. Und wenn wir die Tür der Sänfte wieder aufmachen zur Zeit des Sonnenuntergangs — dann ist es mitten in Japan."

„Können Sie das nicht deutlicher sagen, Marquis?"

„Aber gewiß", lächelte der Marquis. „Wir wollen China wie einen Ehrengast behandeln, ganz wie einen Ehrengast."

„Und wie behandelt Ihr einen Ehrengast?"

„Oh, sehr einfach" — und der Marquis Dairi lächelte wieder sein Lächeln, das schon berühmt war, als es Tama-jori-sime, die reizendste Geisha der Provinz Kawatzi im Palaste zu Maki-nuku seinem Vater zulächelte. — „Sehr einfach. Wir setzen den Ehrengast auf den Ehrenplatz auf der geflochtenen Matte, ganz weit von der Tür."

„Damit er nicht hinaus kann."

„Damit es ihm lang bei uns gefalle, gewiß. Und dann stellen wir das Hibachi vor ihn — —"

„Ist das eine Süßspeise?"

„Nicht doch. Ein Kohlenbecken. Damit er sich wärme. Ganz dicht zu ihm. Und dann spielen wir eine Partie Go mit ihm."

„Was ist Go?"

„Oh, ein Brettspielchen. Mit vielen Steinen. Der besser Spielende nimmt dem andern möglichst viele Steine ab. Und wer's nicht gut kann, muß sehr aufpassen. Da passiert's denn leicht, daß der Hibachi, das Kohlenbecken, ihm die Kleider ein bißchen versengt, anzündet, eh' er's merkt. Ja, das passiert. Und gerade, wenn er gar keine Steine mehr hat auf dem Brett, dann verbrennt er. Ja, das kommt vor."

„Und Ihr denkt, mit China — —"

„Bei Fukurojuko, dem mächtigen Gott mit der Riesenstirne! China ist unser Ehrengast. Sollte ihm — weit von der Tür an seinem Ehrenplatz — etwas passieren, wir würden eine Ehrentafel anbringen an der Wand und darauf schreiben: Hier war auf einmal nichts mehr von China übrig, da es am Hibachi saß und mit Japan ein Partiechen Go spielte."

So sprach der Marquis Dairi, der direkte Abkömmling des Tenszio-doni-szin zu mir, während er sich die zerbrochenen Schienbeine rieb mit dem Lächeln, das Tamajori-sime schon gelächelt hatte, die kleine Geisha, die die geschlitztesten Augen hatte in der ganzen Provinz Kawatzi.

2. Lyrisches Intermezzo

KOLONIALWAAREN

Presber

Alle Völker hamm' das Recht

Alle Völker hamm' das Recht,
Wenn sie wollen was und wagen,
Eh' man sich zur Tat erfrecht:
Erst — bei England anzufragen.
Wenn man dann aus London schreibt,
Daß der Plan als „nicht verwendlich"
Abgelehnt, dann unterbleibt
Diese Sache selbstverständlich!

Alle Völker hamm' das Recht,
Sogenannten Fischens wegen
Ihrer Netze Fanggeflecht
Nach Belieben auszulegen.
Heißt natürlich — auf dem Land;
Dies Gesetz will höchste Achtung,
Denn das Meer ist, wie bekannt
Eine großbritann'sche Pachtung!

Alle Völker hamm' das Recht,
Wenn es geht an's Schwerter-Wetzen,
Ihre Kräfte im Gefecht
Für Britannien einzusetzen.
Wenn sie nicht in banger Wahl,
Lieber als das Schwert zu fassen,
Sich von England als „neutral"
Auf die Köpfe spucken lassen.

Alle Völker hamm' das Recht,
Nach Bedarf in allen Fällen,
Dienstmann oder Stiefelknecht
Stets für England vorzustellen.
Hierin liegt ihr Zukunftsheil;
Und nach britischer Gewöhnung
Ist ein Tritt in's Hinterteil
Ihre gern gezahlte Löhnung!

Unser Verlust

Die Feinde verlieren Schlachten,
Die Feinde verlieren das Glück,
Die Feinde betrachten die Karten
Mit trauerumflortem Blick;
Die Feinde kriegen zu kosten
Den Druck der starken Hand;
Die Feinde im Westen und Osten
Verlieren an Ansehn und Land.
Was wir wohl opfern konnten,
War Schmaus nur und Bankett —
Wir, Herrschaften hinter den Fronten,
Verlieren ein bißchen an Fett!

Sind das so schlechte Bräuche,
Den Leibgurt anzuziehn?
Nun gut, die Falstaff-Bäuche
Sind selt'ner in Berlin;
Konnt' wer sich Droschken kaufen
Und rollte in die Welt,
Nun lernt er wieder laufen —
Die Gäule sind im Feld;
Und was auch so ein Schlanker
An Taillenmaß verlor,
Die Augen blitzen blanker
Und heller, als zuvor.

Wir stehen nicht im Heere,
Doch tun wir unsre Pflicht —
Apolls von Belvedère
Sind wir nun einmal nicht;
Zu Schippern, Steineklopfern
Reicht unser Herz nicht aus;
Bequemlichkeit zu opfern
Und still-sein gilt's zu Haus!
Wer will sich drum betrüben,
Wenn Deutschlands Fahne weht,
Daß eine Schüssel Rüben,
Und mehr nicht, vor ihm steht!

Ich hab's an mir erfahren:
Fettwerden bringt Beschwer;
Schlank, wie mit zwanzig Jahren,
So geh' ich heut' einher.
Und wenn ich auch nicht „fliege"
Und reit' dem Feind zum Schreck,
So ließ ich doch im Kriege
Mein schlemmerhaft' Gepäck.
Und schlottern die Gewänder —
Ich krank? Der Anblick trog!
Dank sei dem Engelländer,
Der „sportlich" mich erzog!

Ich sattle um

Das Dichten, hm, ist so'ne Sache —
Im Frieden, na, da geht's so-so;
Wenn ich im Weltkrieg Verse mache,
Werd' ich der Sache wenig froh.
Der „Lenz", — wer will vom Lenz was hören?
Blut heißt die Losung jeden Tag!
Und sing' ich „Liebe", — will ich schwören,
Ich kriege Prügel vom Verlag.

Der Teufel lehr' mich, wie ich's treibe!
Die Kost allein gibt Lust und Kraft —
Und Verse, die ich nicht mal schreibe,
Ernähren ziemlich mangelhaft;
Und täglich um 'ne Schrippe laufen,
Und „Schlange-stehn" für 'n Viertel Speck — —?
Ich werde mir im Vorort kaufen
Ein klein' Geschäftchen. So am Eck'.

Im Ofen knistert meine Leier,
Zu Tüten wird mein Liederband;
Doch seh' ich manchmal . . . Hühnereier
Bei günst'gem Thermometerstand.
Die Konkurrenz mag Verse hudeln,
(Die kommt schon auch noch auf den Hund),
Ich wiege pünktlich Eiernudeln
Und zähle „Harzer", zwölf auf's Pfund.

Nichts fehlt mir, was ein Schlemmer wüßte:
Schinken, gekocht sowohl als roh,
Spickaal und zarte Gänsebrüste
Bezieh' ich dann von irgendwo.
Die Butter liegt in weißen Pfunden
Um einen feisten Kopf vom Schwein —
Hei ja, von allen meinen Kunden
Werd' ich bestimmt der beste sein!

Dann kommt das Minchen und das Tinchen,
Und — die ihr nur bei Borchardt trefft —
Geheimrats molliges Karlinchen
Früh morgens schon in mein Geschäft;
Die Mädchen mit den Wangengrübchen,
Die ich nun mal so gerne seh,
Die wink' ich in mein Hinterstübchen
Und schenke „echten" Malzkaffee.

Nur — — riechts ein bißchen nicht nach Frieden?
Und kommt er endlich (ei, famos!),
Dann sitz' ich unter Zuckerhüten . . .
Und wie werd' ich die Nudeln los?
Am End' verdrießt mich dann die Wandlung,
Und ich verwünsch' das Heringsfaß —
Man findet aus der Käsehandlung
Zu schwer zurück auf den Parnaß!

Die stolze Henne

Ich bin, wie ich bekenne
(Und trag's als Philosoph),
Nicht viel; bloß — eine Henne
Auf Gottes Hühnerhof.
Nicht stolz, als wie ein Reiher,
Nicht klug, wie'n Papagei,
Jedoch ich lege Eier —
Ei, ei!

Man hat mich dessentwegen
Im Frieden kaum geehrt;
Das ew'ge Eierlegen
Verlieh mir keinen Wert.
In Rußland und in Polen
Blüht' manche Meierei,
Da gab es was zu holen —
Ei, ei!

Das war ein Eiersegen,
Kaum zu bewält'gen schier;
Die böhm'schen Schwestern legen
Viel fleißiger, als wir;
Sie legten brav in Flandern
Und in der Lombardei;
Sie legten eins zum andern
Ei, ei!

Ein Laufen und Gerenne —
Herrjeh, das war der Krieg!
Schaut, schaut, wie da die Henne
In deutscher Achtung stieg!
Die Schulzen sprach zur Meier
In schwerer Grübelei:
„Wo kaufen Sie die Eier?" ...
Ei, ei!

Mein Leben war so triste,
Wie anders ist das nun!
Ich gackerte am Miste,
Ich starb als Suppenhuhn.
Mein Licht war bald erloschen,
Und schwupp lag ich im Reis —
Heut' ist für's Ei vier Groschen
Der Preis!!

Stolzier' ich um die Tenne,
— Nein, nein es ist kein Wahn —
Bin ich, als brave Henne,
Viel mehr heut', als der Hahn.
Und leg' ich mich zum stillern
Geschäft, so stehn dabei
Die Schulzen, Schmidt und Müllern ...
Ei, ei!

Ode an das Schwein

Du warst bisher, genau betrachtet,
Vom Städter gleichwie Bäuerlein
Geschätzt vielleicht, doch nicht geachtet,
O sus, du „eigentliches Schwein".
Derweil der Ahnherr in den Forsten
Sein ungeschlachtes Wesen trieb,
Wardst du durch Schinken, Speck und Borsten
Dem Züchter wert, jedoch nicht lieb.

Den Pfützendreck an Bauch und Weichen,
Mit aller Gassen Kot bespritzt,
Wardst du zu peinlichen Vergleichen
Von groben Menschen ausgenützt.
Ersehnt allein für Topf und Pfannen,
Erhöht's dir kaum den Lebenswert,
Daß einst der schlimmste der Tyrannen
Durch sein Gelächter dich geehrt*).

Die Zeit gebietet, dich zu lieben,
Das macht der Staat uns täglich klar;
O Schwein, es wird von dir geschrieben
Mehr, als vom Löwen oder Aar!

---

*) Der grausame König Ludwig der Elfte von Frankreich konnte, als sein Gemüt im Alter sich verdüsterte, nur durch die Vorführung dressierter Schweinchen, die in bunten Kostümen vor ihm tanzten erheitert werden.

Ach, könntst du dich erfreun an allen
Den Lobartikeln momentan,
Wärst du unrettbar schon verfallen
Dem unheilbarsten Größenwahn!

So aber, — nein, du kannst nicht lesen,
Dir geht das Alphabet nicht ein;
Und was ein Ferkel bloß gewesen,
Das wird am Ende bloß — ein Schwein,
Du liest Fraktur nicht noch Lateinisch,
(Fehlt dir's am Geiste oder Fleiß?)
Obschon auch das Gedruckte schweinisch
Zuweilen sein kann, wie man weiß.

Wir aber gehn, eh' wir dich töten,
In leicht beschwingtem Freudentanz,
Zum Klange sanft getönter Flöten
Herum um deinen Ringelschwanz.
Den schlichten Bürger mit dem Fürsten
Eint heut' ein Traum in stiller Nacht,
Ein Traum — von dicken Dauerwürsten,
Die man aus deiner Leiche macht.

In deiner Pfützen dreck'gem Frieden,
Mißachtend deinen künft'gen Wert,
Hab' ich im Bogen dich gemieden,
Wo wandernd ich ein Dorf durchquert.
Es kommt der Tag, ich seh' ihn kommen,
Da hab' ich dich — und dich allein —
Als Gast zur Mast ins Haus genommen,
O sus, „du eigentliches Schwein"!

Papierersparnis

Ein Redefluß, ein ungehemmter,
Ergoß sich einst in schwarzem Druck —
Das ändert sich; heut' sehn die Ämter
Just in der Kürze Ziel und Schmuck.
Daß es von Obrigkeiten stamme,
Zeigt ein Papier heut' mit Bedacht:
Im knappsten Stil der Telegramme
Wird „öffentlich bekannt gemacht".

Selbst den Erlaß von höchsten Orten
Sieht sich der Zensor prüfend an;
Man spart am Rand, man spart mit Worten
Und streicht am Inhalt was man kann.
Eh' man sich jäh in Kosten stürze,
Verschwenderisch als Optimist,
Erwäge freundlich man, daß Kürze
Nicht nur des Witzes Seele ist.

So kann der Staat sich mit den Jahren
Auf diese findige Manier
Ein köstliches Vermögen sparen
An überflüssigem Papier.
Wenn er in knappsten Rahmen preßte,
Was einst so reich an Worten war:
Erlaß, Befehl und Manifeste,
Vorschlag, Verfügung, Zirkular!

Ich höre das mit freuderoten,
Erglühten Wangen. Mir fällt ein:
Es kann dann auch so viel verboten
Nicht mehr im lieben Deutschland sein.
Wohin heut' meine Augen gucken,
War immer was verboten mir,
Ich darf nicht fischen und nicht spucken,
Nicht rauchen, radeln dort und hier.

Hier darf ich unbefugt nicht baden,
Und dort darf ich nicht stille stehn;
Hier darf ich keinen Schutt abladen
Und dort nicht auf die Wiese gehn.
Hier darf ich nicht an Wände schreiben,
Dort pflücken kein Vergißmeinnicht;
Hier darf ich keine Ochsen treiben,
Und dort darf ich was andres nicht!

Hurra! nun wird sich's offenbaren,
Nun darf ich was! Wie wohl ist mir!
Denn die Behörden müssen sparen;
Und zum Verbot fehlt das Papier.
Nun darf ich links gehn um die Ecken
Und haushoch lagern meinen Müll,
Und darf im „Zoo" — die Affen necken,
Und baden darf ich wo ich will!!

Ich folge dem guten Beispiel

Seh' ich England die Welt verteilen,
Die an allen Ecken brennt,
Ei, so will ich mich beeilen
Und mach' auch mein Testament;
Ordne alles auf das Beste,
Generös, mit brit'scher Geste.

Gustav, der in Jugendjahren
Treulich mein Gefährte war,
Erbt, um Freundschaft zu erfahren,
Mein Chateauchen Miramar,
Samt dem Park mit schönen Wegen,
Hoch am blauen Meer gelegen.

Otto, der in Darmstadt wohnen
Jetzt als braver Hofrat soll,
Erbt von mir mal zwei Millionen,
So beschließ' ich einsichtsvoll.
Rothschild zahlt die kleine Gabe,
Wenn ich auch kein Konto habe.

Theo — in Erinnrung lach' ich,
War der braune Junge keck! —
Diesem Jugendfreund vermach' ich
Hübsch den Park von Hagenbeck:
Er, als Landwirt, schätzt die Jauchen
Und kann etwas Vieh gebrauchen.

Moritz, der mit großer Suada
Mir als Anwalt Hilfe bot,
Dem vermach' ich bei Granada
Die Alhambra nach dem Tod:
Er kann etwas Spanisch sprechen
Und wird nichts daran zerbrechen.

Mieze, meinem süßen Mädel,
Mit den blanken Äugelein,
Dem vermache ich das Städel-
Institut zu Frankfurt (Main).
Glaub', sie freut sich, wie ein König,
Denn sie selber malt ein wenig.

Hier und dort war ich noch Pate,
Bin ich Onkel oder so,
Und ich schaffe halt Legate
Und testiere hübsch engros.
Ob sie das Vermachte kriegen? . . .
Ich bin tot und bleibe liegen.

Mein Rohstoff

Daß sie den Luxus scharf besteuern,
Der Schwache nur ins Laster lenkt
Daß sie die Butter uns verteuern — —
Ich sag' kein Wort. Geschenkt, geschenkt!

Daß sie die Knollenfrüchte zwängen
In unscheinbarste Maße ein;
Daß sie den Brotkorb höher hängen,
Ich murre nicht. Ich seh' das ein.

Daß sie mit Licht der Straßen geizen
Und weigern mir den Gummischuh;
Daß sie die Wagen nicht mehr heizen —
Ich frier' und schweige bloß dazu.

Daß Briefe sich und Kartengrüße
Verteuern, heizt mir nicht das Blut.
Daß Kohl mein köstlichstes Gemüse
Geworden ist, ich sage: gut.

Kurzum, ich bin ein biedrer Bürger
Von Zeitgefühl und Herzenstakt,
Ein Alles-brav-Hinunterwürger
Und Steuerzahler, daß es knackt.

Da hör' ich — — just im Winterfroste —
Und jäh erstarrt mein Blut zu Eis:
Verderben droht dem jungen Moste,
Der edlen Wein gibt (wie man weiß).

Ach, die entsetzten Augen stieren
Auf dieses nahende Verbot.
Das geht mir endlich an die Nieren,
Wenn sie mein Schöppchen auch bedroht!

Das Leben, dieses merklich teure,
Verzichtet künftig, still betrübt,
Auf Alkohol und Kohlensäure,
Wofür's dann reinen Zucker gibt ...

Ihr Herr'n habt ihr das recht erwogen?
Den Wein entbehrt der Dichter schwer —
Wenn ihm der „Rohstoff" wird entzogen,
Dann schafft er keine Verse mehr.

Was Nüchterlinge nie verziehen,
Stets stand der Wein dem Dichter nah —
Dickmilch nährt selten Poesien ...
(Und die ist schließlich auch nicht da!)

„Alte Meister"

In Warschau (wo sie die gräßlichen Keks
Backen als „Auslandswaren"),
In Warschau (das bald nun den neuen Rex
Begrüßt mit hellen Fanfaren),
In Warschau wurden viel Bilder gemalt,
Heimlich, in diesen Monden;
Die wurden mit Preisen — mit Preisen bezahlt,
Mit gänzlich ungewohnten.
Warum? Ja, Müller und Kunz und Schmidt,
Die malten in diesen Fabriken mit.
Doch wenn sie das Werk vollendet sah'n,
Sie wußten ein Signum und gruben's
Dem Bild in die Ecke: „Tizian",
„Rembrandt", „Franz Hals" — oder „Rubens".
Man weiß, das sind Meister, hochgeehrt,
Zwar tot, doch deshalb von größerem Wert,
Weil's nun im Himmelssaale
Aus ist mit dem Gemale.

So gingen die Warschauer Schinken als
Van Dyck, als Rubens und als Franz Hals,
Von tüchtigen Händlern im Dutzend bestellt,
Nach Westen, nach Deutschland, hinaus in die Welt ...

In Deutschland an dem oder jenem Eck,
Da handelte früher ein Mann mit Speck;

Und seine Frau, die Annemarei,
War selber fett und half ihm dabei.
Und nebenan wohnte im Kellerverließ
Ein Nachbar vielleicht, der Meyer hieß,
Der schlecht sich, solang der Friede gewährt,
Vom Handel mit Hasenpelzen ernährt.
Da kam der gewaltige Aderlaß,
Der Krieg und die Rationierung und das.
Da geschah's, daß die Frau, die den Speck verkauft,
Und die noch immer im Fette schnauft,
Ganz bald (das war ein hübscher Zug
Des Gatten) viele Brillanten trug.
Der Nachbar, der mit den Hasenfell'n,
Der reist bald nach Posen und reist bald nach Köln,
Mit Koffern nach Bern, nach Gent, in den Haag;
Er reiste und reiste wohl Nacht und Tag.
Und jedesmal, wenn er kam nach Haus,
Sah er um beträchtliches nobliger aus.

Jetzt wohnen die beiden Nachbarn zusamm'
Im „Ersten" und „Zweiten" am Kurfürstendamm.
Und Billard trug man und Kassenschrein
Und Perserteppich ins Haus hinein.
Und Mitren und Kessel und Opferstock
Und Delfter Kacheln und Meißner Barock —
Und gestern kamen aus Warschau an
Zwei „Rubens" und ein „Tizian",
Und — das verriet mir Meyers Koch —
'nen „Boticelli" erwartet man noch . . .

Wie schade, jetzt hat, wie man staunend hört,
Die Polizei die Maler gestört
In Warschau. So scheint es vor der Hand,
Der Boticelli bleibt unversandt.

Ich finde das traurig und ungerecht.
Wo bleibt die behördliche Delikatesse!
Am Kurfürstendamm die neue Noblesse,
Die war und ist genau so echt
Inmitten des Delfter Porzellans,
Wie die Warschauer „Rubens" und „Tizians" ...!

Ersatz

Was auch eitle Toren schwätzen:
Was euch ärgert, was gefällt,
Alles, ach, ist zu „ersetzen"
In der wandelbaren Welt!

Heute weiß es längst ein jeder,
Wie er rasch ersetzen muß
Mehl, Kakao, Senf und Leder,
Baumöl, Butter, Rhizinus.

Jeder weiß Ersatz zu finden
(Billig nicht, doch angenehm)
Für Burgunder, Tamarinden,
Schnupftabak, Salat und Lehm.

Für Rosinen, Speck und Eier,
Handschuhknöpfe, Käs', Stearin,
Wollne Socken, Grieß, Tokayer,
Buckskin, Gurken und Benzin.

Bloß — — ich mache mir Gedanken,
Und der Zweifel läßt nicht aus:
Nächstens werden wieder ranken
Helle Blüten um das Haus.

Und die Stare kommen wieder,
Und die Biene summt und fliegt —
Ob man dann für Lieb' und Lieder
Auch „Ersatz" empfohlen kriegt?

Ob ich zeitgemäß und klug schein',
Wenn ich hoffe unbeirrt,
Daß ein preußischer Bezugsschein
Mir auch so was liefern wird ...?

Das Verbrechen

In seines Amtes würd'ger Rüstung
Sprach jüngst zu mir ein Polizist,
Wie solchen Falls ihm eigen ist,
Mit der gebührenden Entrüstung:

„Was sagen Sie! Verdächt'ger Schimmer
Hat Argwohn uns ins Herz gepflanzt;
Er drang — und zwar zur Nachtzeit immer —
Aus eines Gasthofs Hinterzimmer,
Dazu von Geigen ein Gewimmer —
Uns ahnte schon: da wird getanzt!

Um den Verdacht zu überführen,
Wir pürschten, als der Spuk begann,
Gestern um Zwölfe, uns heran,
Der Kommissar mit sieben Mann,
Und sprengten die verschloss'nen Türen.
Wir sah'n entsetzte Paare stehn,
Erhitzt, noch mit verschlung'nen Händen,
Gereiht an eines Saales Wänden;
Was wir geahnt schon, das wir fänden,
Das Fürchterliche war geschehn:
Derweil, in Ost und West verschanzt,
Die Heimat ringt mit grimmem Feinde,
Hat mitten hier in der Gemeinde
Ein Häuflein jungen Volks — getanzt!!

Wir forschten streng nach Stand und Namen —
Die Strafe folgt der Infamie!
Getanzt, mein Herr, was sagen Sie?!“

„Was ich ...? Ich sage gut und Amen.“

Ja, ja. Ich sagte wirklich so.
Denn während draußen Brave bluten,
Erscheint's mir doch zu viel des Guten,
Scheint's unbedacht und herzensroh,
Wenn unberührt von heißen Dingen
Sich Leichtsinn will im Tanze schwingen.
Und doch — und doch ... Denkt euch, im Wald —
Der Sturm heult furchtbar durch die Föhren,
Wie Todesstöhnen anzuhören,
Und rings die Welt starrt eisigkalt.
Da seht ihr, klein und unbestimmt,
Ein Fünkchen, das im Laube glimmt,
In welkem Laub, verdorrtem Moos,
Ein winzig, letztes Fünkchen bloß.
In seiner scheuen, schwachen Helle
Erzählt's, wie's aus dem Reisig lugt,
Von einer toten Feuerstelle,
An der — natürlich unbefugt —
Am Tag zuvor, da licht und klar
Die Welt und all der Wald noch war,
Ein fröhlich Volk bei Trunk und Lied
Gerastet und sein Mahl sich briet;
Vielleicht auch, da im West zur Rüste
Die Sonne ging, sich heimlich küßte.

Von all' dem, was da singt und lacht,
Was liebt und sich der Sonne freut,
Glimmt noch im Schauer dieser Nacht
Solch' Fünkchen deiner Einsamkeit,
Solch' heimlich Fünkchen, klein und rot,
Das ängstlich sich im Sturm verkroch,
Das — ganz gewiß — den Forst bedroht
Und Strafe heischt . . . Und doch — und doch — —!

Und doch — und doch . . . Ach ja, ihr wißt,
Ich ward korrekt in reifen Jahren.
Beruhigt euch, der Polizist
Hat, was ich dachte, nicht erfahren.
Ich sagte bloß: „Getanzt? Ei, ei!"

Und als ich so bezeugt mein reges
Int'resse, ging ich meines Weges
Und dacht': Ja, ja, die Polizei
Bewacht mit Würde Sitt' und Brauch.
So was muß sein. — — Das andre auch.
Denn wenn die Fünkchen ganz verglommen,
Nur Nacht und Kälte hüllt das Tal,
Woher soll endlich wieder mal
Das große Freudenfeuer kommen?!

Das Bübchen

Irgendwo im Waldesgrunde,
Fern der häuserreichen Stadt,
Hockt ein Bübchen, das im Munde
Eine kleine Flöte hat;
Lieber Sonne warmes Scheinen
Durch die duft'gen Äste zielt,
Wo das Jungchen mit den kleinen
Fingern seine Flöte spielt.
Falter, ob der Blütenhelle
Schweben bunt und sonder Müh',
Wo der lächelnde Geselle
Bläst sein Liedchen: „Tülütü".

Tief im Walde deutscher Buchen
Hinter Hügel, Dorn und Strauch,
Will ich mir das Bübchen suchen
Und — mein Wort — ich find' es auch!
Will mich leise zu ihm setzen
In den hellen Blumengrund,
Und er soll die Seele letzen,
Die von all dem Leide wund;
Daß ihr, wo die Buchen rauschen,
Sanfte Freude neu erblüh',
So im Singen, so im Lauschen — —
So im Träumen . . . Tülütü.

Scheltet nicht den kleinen Bläser,
Der das Schilf zur Flöte ritzt,
In der Stille hoher Gräser
Seine Liedchen übend sitzt;
Scheltet nicht den stillen Hörer,
Der den Busch zur Seite bog,
Der dem Weltkrieg, dem Empörer,
Für ein Weilchen sich entzog:
Leichter wohl erträgt den heißen
Tag, wer sorglos in der Früh'
Wiegt sein Herz in losen, leisen
Melodien ... Tülütü.

Ein Brief…
Das Pensions
Schwein

Ein Brief über einen Traum, ein Schwein, mehrere liebe Kollegen und ein Unterbewußtsein

Verehrte Freundin!

Als ich von Ihnen nach Hause ging — köstlich waren die Schweinskotelettes mit dem grünen Salat! — dachte ich an so mancherlei. Nicht nur an die Schweinskotelettes.

Ich dachte, was wir Schönes geredet von unserer Freundschaft, von der Notwendigkeit, sie durch Ankauf eines Pensionsschweins zu besiegeln, von den seltsamen Träumen, die der Krieg bringt, und von den deutschen Humoristen.

Und als ich, müde zu Hause angekommen, im Bett noch ein bißchen über die Kontroverse gelächelt hatte: „ob die Frauen Humor haben", schlief ich ein.

Und träumte!

Und da ich selten träume und der Traum sehr seltsam war, darf ich ihn erzählen. Ihnen erzählen, liebste Freundin, die Sie Nachsicht mit meinen Träumen, auch mit meinen kühnsten, haben; und mir die hübschesten davon erfüllen könnten.

Doch davon ein andermal!

Heute nur den Traum der letzten Nacht, in dem Sie — und das war sein einziger Fehler — nicht vorkamen.

Ich träumte: ich bin in einer Schulstube. An kleinen Pulten, die für sie viel zu eng sind, sitzen erwachsene Männer. Alle nicht mehr ganz jung. Aber lauter nette Kerle — und sie kommen mir alle bekannt vor. Und doch weiß ich keinen zu nennen.

Alle sitzen gebückt und schreiben einen Aufsatz. Und ein Professor sitzt lesend und die Schreibenden über die Brille beaufsichtigend auf dem Katheder neben der großen, schwarzen Tafel. Auf der großen, schwarzen Tafel aber stehen mit weißer Kreide — offenbar das gestellte Thema — die Worte: „Das Pensions-Schwein."

Mit einer Kühnheit, die meine Träume auszeichnet, trete ich auf den auf dem Katheder Thronenden zu: „Pardon, Herr —"

„Man sagt nicht mehr Pardon!" raunzt er mich an.

„Pardon, ja, ich wollte auch ‚Verzeihung' sagen. Also: Verzeihung, wer sind wohl die etwas erwachsenen Schüler da, die das interessante Thema vom ‚Pensions-Schwein' bearbeiten? Mich dünkt, ich kenne sie, aber —"

„Nehmen Sie ihnen die Hefte weg, und sie werden sich Ihnen selbst verraten."

„Ah, Sie meinen, der Stil — —?"

Der Professor las schon wieder und beachtete mich weiter nicht.

Ich aber — mit all der Kühnheit, die meine Träume auszeichnet, trete an den Ersten, der seinen massiven Körper in die Kinderbank eingekeilt hat, heran, ziehe ihm das Heft unter der Hand weg und lese:

„Das ist an einem Freitag gewesen. Da hat der

Müller-Franz sein Stammseidel hingesetzt und hat gesagt: ein Schwein wird gekauft.

Da hat der Assessor gesagt: ein Schwein ist ekelhaft, und er hat sein rundes Glas ins Auge gesteckt und den Müller-Franz strafend angesehen, als ob der selber das ekelhafte Schwein wäre.

Da ist der Müller-Franz widersetzig geworden und hat gesagt: das Schwein wird halt doch gekauft, denn die Behörde hat es empfohlen. Und die Behörde, hat der Müller-Franz gesagt, weiß alles am besten. Dafür ist es die Behörde. Und außerdem, wo der Assessor diesen Winter seine Wurst holen will, hat er gesagt. Denn was anders, wie Wurst, gibt es doch nicht, wenn er sein Mädel einladen tut.

Und der Professor, der wo immer das Thermometer im Bier stehen hat, hat gesagt: es gibt Länder, wo das Schwein ein heiliges Tier ist.

Aber der Postexpeditor hat gelacht und gefragt, warum er denn nicht nach dem Lande fährt, da muß es doch gut leben sein. Und dazu hat er unter dem Tisch mit seinen krummen Beinen im Sand gescharrt vor Vergnügen. Da hat der Professor seine Augen ganz weit herausgehangen und hat aufgeschaut und gesagt: er ist sehr berühmt und muß sich so was nicht gefallen lassen. Und er ist sich durch die Haare gefahren mit allen zehn Fingern, bis sie geweht haben, wie die Fahnen am Prinzregenten sein'm Namenstag und hat gesagt: er hat einen Onkel, der sogar ein Denkmal hat, und wenn er nicht so erhitzt wäre, ging er jetzt nach Haus, weil er nicht gewöhnt ist, so behandelt zu werden, wenn er wissenschaftlich daherredet.

Und da ist der Wirt gekommen und er ist mit am Tisch gesessen zwischen dem Professor und dem Postexpeditor und hat einen Salat mitgebracht, wo Eier darauf waren, und hat gesagt, daß er nicht versteht, warum die Herren grob zueinander sind, wenn eine Sau gekauft werden soll . . ."

Da legte ich das Heft aus der Hand und sagte: „Aha, dieser Schüler heißt Ludwig Thoma."

Und ich nahm dem zweiten Schüler, der sehr hübsch angezogen war, das Heft aus der Hand und begann zu lesen:

„Meine Frau hat mir gestern mitgeteilt, daß ich ein Schwein kaufen werde. Das ist sehr lieb von meiner Frau — Sie kennen sie doch aus meinen Büchern —, daß sie mir immer mitteilt, was ich tun werde. Sie sagt mir auch sonst, was ich esse, schreibe, anziehe und denke. Dies Mal teilt sie mir nur mit, daß ich ein Schwein kaufen werde.

Da ich nichts antworte, was meine Frau auch nicht erwartet, wenn sie mir etwas sagt — so sagt meine Frau: ‚Weißt du, was ein Schwein ist?'

Ich äußere zerknirscht: ‚Nein.'

‚So lies es nach', sagte meine Frau, denn sie ist sehr gebildet, meine Frau.

Ich machte also das Konversationslexikon, das meiner Frau gehört, auf und las meiner Frau laut vor, was da unter ‚Schwein' gedruckt stand: ‚Die Schweine, Borstenträger (Suidae s. Setigera), gehören zu der Säugetierordnung der Paarzeher (Artiodactyla), und zwar zur Unterordnung der Nichtwiederkäuenden (Artiodactyla non ruminantia). Sie fehlen auf den westindischen und ozeanischen Inseln und dem Kontinent von Australien.'

‚Halt,' sagte meine Frau, ‚weißt du, wo Australien liegt?' Denn meine Frau ist sehr gebildet und sehr gründlich, und Geographie ist die stärkste Seite meiner Frau.

Ich gestand meiner Frau ein, daß ich es nicht weiß. Da holte meine Frau einen Globus, der meiner Frau gehört, aus dem Zimmer meiner Frau. Denn im Zimmer meiner Frau ist alles, sogar ein Globus. Und meine Frau zeigte mir, auf dem Globus meiner Frau, der aus dem Zimmer meiner Frau geholt war, mit dem Finger meiner Frau, wo Australien liegt.

‚Hier,' sagte meine Frau, ‚hier ist Australien. Daß du mir's nie wieder vergißt!'

‚Oh, wo werd' ich', sagte ich zu meiner Frau.

‚Meine Frau, . . ."

Da las ich nicht weiter, legte das Heft zurück, denn ich wußte, daß dieser liebe und bereits sehr verheiratete Schüler zufällig Paul mit Vornamen heißt.

Neben ihm aber saß ein anderer, der trug schon einen Zwicker und hatte ihn ein bißchen schief auf der Nase; und er schrieb sehr eifrig und rauchte dazu in einem fort Zigaretten mit goldenem Mundstück, was man eigentlich in der Schule gar nicht darf. Und ich nahm ihm das Heft weg und las mit Erstaunen, daß er seinen Aufsatz in gebundener Rede macht:

„Wenn ick schon höre ‚Mutterschwein‘,
Gleich fällt mir manches Üble ein,
In das ich, geh'nd so für mich hin,
So manchmal schon getreten bin.

Schockschwerenot — auf Witze brüten
Des Abends — morgens Schweine hüten,
Und Ferkel weiden an der Panke —
Is ooch was Schönes — na, ich danke!

Um diese Zeit in bess'rer Ära —
Fuhr Alex sonstens zur Riviera;
Jetzt sitzt daheim er uff'm Proppen,
Um hinter Schweinen herzuhoppen!

Wenn ick schon höre ...“

Und da sagte ich, indem ich das Heft zurückgab: „Ei, guten Tag, Alexander Moszkowski! Gehst du auch noch in die Fortbildungsschule?“

Aber eh' ich noch die Antwort bekam, reichte mir schon der nächste Schüler, der ein sehr gutes Betragen hatte, sein Heft hin; und ich las mit Erstaunen, daß er das Thema in Briefform abgewandelt hatte: „Maruschka Braut gelibbtes! Chast du in dein kleines russisches Durf Annung, was tut Daitscher in seine Fillah, wann Daitscher nemmlich eine Fillah chat? In Debberitz chier isse nix Fillah, abber Daitsche Suldaten, was sind wieh Bridderchen mit mich, chabben mir erzällt.

Alle Daitsche, wo sein su Chause — abber sie sein all nix da — fun chroße Chährfihrer angevangt biß cherunter su dikker, alter Frau in runder Chäuschen an Potzverdammer Blatz hieten dikke Schweinderl. Auß jädden Chauß in Berlin aus jäddes Fänßter was is das cherauskukt, Maruschka Braut gelibbtes? Schweinderl! Alemahl Schweinderl. In Cheimazdorf wie is? Schweinderl in Stall oder in Kuchen abber in Zimmer nur Sunndags. Chier in Cheimazdorf von Kaissermajesteht Schweinderl schbatzieren ibberall und chat jeddermann Schweinderl in Pentzjon.

Panje Wachtmeißter sakkt soebben: ist sich alles nix wahr. Ibberhaubt nix. Su! alsso du muhst glauben, Maruschka Braut gelibbtes, das dießes Brief meiniges ibberhaubt nix geschribben is wumit ich persehnlich bin dir auch solsch ein Schweinderl fun Cherzen wintschendes treues Iwan, Kosak gefangenes." ...

Und da wußte ich, daß Kosak Iwan gefangenes eigentlich der ganz ungefangene Gustav Hochstetter ist, der von jeher so lerneifrig war, daß ich auch im Traum gut verstehen konnte, daß er noch in die Schule geht. Und nachdem er schon Türkisch gelernt hat, auch noch Russisch lernen will.

Aber da saß noch einer am Ende der Bank und hatte den eiförmigen Kopf ganz tief auf das Heft gesenkt. Das zog ich ihm weg und las:

„Als der Rentier Wuzzelmann, zornig wie er sein konnte, in den grünlackierten Spucknapf gespuckt hatte, der das einzige Erbe seiner Tante Sidonie darstellte, der er vierundvierzig Jahre lang umsonst einen dicken Strauß von roten Rosen, die am 7. April, dem Schlußtage der

Konferenz zu Algeciras, bei der auch nichts herausgekommen ist, noch sehr teuer waren, in einem grünen Seidenpapier, die vier Treppen, die ihr Geiz ihre Besucher zu steigen zwang, hinaufgeschleppt hatte, sah er, soweit die verflixten Buzzenscheiben, die ihm sein närrischer Schwiegervater leider zu Weihnachten geschenkt hatte, auf das ehemals so reizvolle fünf Quadratmeter große Gärtchen heraus, in dem gerade ein ebenso dreckiges, wie mageres Schwein, von den fünf mit dem Stickhusten behafteten Kindern des meist betrunkenen Portiers liebevoll betreut und vom Ältesten am Schwanze gezogen, die letzten Rosen fraß, die des Rentiers Wuzzelmann selbst okulierte Freude bildeten ..."

Dieser Satz, teure Freundin, ging ganz bestimmt noch weiter. Aber ich muß unter dem Druck seiner Konstruktion im Bett ruckweise eine Bewegung ausgeführt haben — ich erwachte plötzlich und sah — in dem Spiegel über meinem Waschtisch — mein eigenes, leider unrasiertes Gesicht.

Psychologisch ist die Sache vielleicht so zu erklären, daß ich während des Schlafes mir mehrfach in dieses genannte Gesicht mit den Händen griff und die stachligen Bartstoppeln in meinem Unterbewußtsein — auf dem auch die Ernährungs-Schwierigkeiten ruhten — die Erinnerung an Borsten auslösten — und diese Borsten wiederum ...

Aber da diese Sache psychologisch ist, sei sie den Psychologen allein überlassen. Ich bin keiner, sondern nur in aller Bescheidenheit Ihr Sie — und seine Modelle — herzlich verehrender R. P.

Ein Kapitel

aus der Geschichte seines Lebens, die der Kapitän des ersten deutschen Handelstauchbootes schreiben könnte.

... Als ich in Boston an Land stieg, drängte sich ein kleiner, dicker Herr in sehr kariertem Anzug durch die Menge, indem er einige Tagediebe niederboxte und einen Polizisten erschoß.

Über einen Knäuel gestürzter Menschen schrie er zu mir herüber: „Kapitän, können Sie Feuer fressen?"

„Wie?"

„Ob Sie Feuer fressen können? Nicht? Oh, es ist eine Kleinigkeit, Sie lernen es in acht Tagen und —"

Mehr hörte ich nicht. Denn ein baumlanger Yankee hatte seelenruhig einen Schlagring hervorgezogen und den Dicken in der karierten Weste niedergeschlagen.

Während sich die Menge mit den Wertsachen des Erledigten beschäftigte, wozu sie unausgesetzt „Hochs" auf mich ausbrachte, näherte sich mir der Baumlange und wollte mir eine Hundertdollarnote aufdrängen.

„Was soll ich denn mit dem Schein?"

„Ich habe meine Adresse draufgeschrieben, damit Sie mich besuchen können."

„Aber ich will Sie gar nicht besuchen!"

„Sie werden schon wollen. Ich bin der Mann, der Buffalo Bill gemacht hat, und der — —"

„Glauben Sie ihm kein Wort," keuchte ein asthmatischer Herr mit sehr vielen Blatternarben mir ins Ohr — „kein Wort! Buffalo Bill war eine Pleite. Und jetzt hat er überhaupt nur noch Kinder mit zwei Köpfen und solche Kinkerlitzchen. Machen Sie das Geschäft mit mir, Mister König."

„Zum Donnerwetter! Was denn für ein Geschäft? Haben Sie Gummi zu verkaufen für Deutschland?"

„Quatsch! Die paar tausend Dollar, die man schon dabei verdienen kann! Nein, ich mache nur große Solo-Nummern. Vierundzwanzig Abende — schlagen Sie ein — Vereinigte Staaten und Zentralamerika — Sie kriegen einen Extrazug. Bedienung, Beköstigung für fünf Personen frei — und sechstausend Dollar pro Tag."

„Nicht unschön! Aber wofür krieg' ich die 6000 Dollar — ich meine: was hab' ich zu tun?"

„Gar nichts. Sie ziehen abends ein Trikot an —"

„Was zieh' ich an?"

„Ein Trikot in den deutschen Farben: Schwarz-weiß-rot — verstehen Sie, und dann singen Sie ein Couplet."

„Was mach' ich?"

„Sie singen ein Couplet. Zwei Strophen deutsch, eine Strophe englisch. Das macht pro Strophe 2000 Dollar. — Ist ein Angebot, was? Einverstanden??"

„Herrrrrrrr!"

„Na, wenn Sie lieber tanzen, statt singen — is mir auch recht. Ein Schuhplattler vielleicht zuerst — dann ein Niggertanz. Da könnten wir 'ne feine Doppelnummer machen. Ich habe da eben so 'ne Mulattin aus Cincinnati, die ist des fünffachen Giftmordes angeklagt gewesen und mangels Beweise freigesprochen — der ziehn wir ein grünes Röckchen an und — —"

In diesem Augenblick wurden mir gottlob von hinten zwei Riemen um die Achseln gelegt, und ich wurde durch eine Winde rasch an einer Laterne in die Höhe gezogen, damit mich die dreihundertfünfundsiebzig zugelassenen Photographen besser auf die Platte bekommen konnten — sonst wüßte ich wirklich nicht, was mit dem blatternarbigen Herrn geschehen wäre.

Übrigens war bereits ein freundlicher Herr mit einem Glatzkopf, auf dem die Schweißperlen standen, an meiner Laterne hinaufgeklettert und flüsterte mir ins Ohr:

„Mister König — ich habe die größte Nachtbar in San Francisco. Wenn Sie acht Tage dort von zwölf bis vier mitbedienen — bekommen Sie dreißig Prozent der Einnahme, garantiert mit 5000 Dollar pro Abend, und ich beteilige Sie in meiner Klystierspritzenfabrik. Oh, ein sehr gutes Geschäft — die Fabrik macht jetzt nur noch Schrapnells für England."

Weiter hab' ich nicht gehört. Ich wurde ohnmächtig. Als ich wieder zu mir kam, saß ich in einem Wagen der Rettungsgesellschaft, und die Menge war gerade dabei, mir die Pferde auszuspannen. Die sind dann auch, wie ich später hörte, richtig gestohlen worden . . .

Kriegsgesellschaft

Mein Freund Melchior Mützel hielt auf nichts so sehr, als auf einen feinen Umgang. Das konnte er, denn man aß sehr gut bei ihm, trank noch besser, und seine Zigarren waren einfach berühmt.

Die paar Exzellenzen, die ich kenne, traf ich bei ihm. Unter einem Geheimrat verkehrte kaum jemand bei ihm. Außer mir, der ich sein Milchbruder bin und von dem er im Gymnasium die Extemporalien abgeschrieben hat. Dafür bewahrte er eine gewisse Dankbarkeit. Da er viel reiste, in den besten Hotels abstieg, die Zimmer im ersten Stock nach Süden mit Balkon und Bad bewohnte und einen ausgezeichneten Diener, namens Clemens, mitführte, der sich im Gotha auskannte, wie im Berliner Westen, wie in Luckenwalde, woher er, Clemens, stammte, so machte er nur die vornehmsten Bekanntschaften. Die Internationalität seiner Gäste war erlesen. Ich hatte mal bei einem Herrensouper einen Marchese links neben mir, der zum ganzen Hause Savoyen „Du" sagte, und einen Reichsrat der bayerischen Krone rechts neben mir, der gar nichts sagte, aber sehr viel aß; und gegenüber saß ein steinalter Deputierter der Pariser Kammer, der viel beim dritten Napoleon verkehrt hatte und jetzt nichts mehr hörte. Und ein andermal saß ich zwischen einem entthronten Balkanfürsten, der die Finger so voller Brillanten hatte, daß seine Geliebte augenleidend geworden war, und einem spanischen Grande, der noch von Kolumbus stammte und so viele Titel hatte, daß er immer zwei Visitenkarten abgeben mußte. Gegenüber aber saß damals ein Mann, der ganz aus einem weißen Bart bestand, und der eine Sprache verzapfte, die nur ein gleichfalls anwesender Weltreisender und Löwenjäger zu verstehen behauptete. Dieser Mann mit dem Bart, oder eigentlich dieser Bart, hinter dem man einen Mann vermutete, war der Patriarch der siebzehn Klöster auf dem Berge Athos ... Solche Leute verkehrten bei meinem Freund Melchior Mützel; und einfache Barone oder bloß Herren „vons" wurden von Clemens kaum gegrüßt.

Im Krieg hörten die Gesellschaften leider langsam auf. Zunächst verschwanden die Lords und russischen Exzellenzen, später auch die Marchesen und auch die Paschas und Grandes wurden seltener. Die Exzellenzen hielten sich noch eine Weile; doch auch ihre Schar lichtete sich, als die Austern und der Kaviar dem Menu fehlten, und die französischen Sekte ausgingen. Als aber dann gar Mokkaersatz gereicht wurde, und die drei Sterne des Hennessy nicht mehr leuchteten, da häuften sich die Geschäfte der letzten Exzellenzen auch in den Abendstunden so sehr, daß sie zu ihrem größten Bedauern ... Und außerdem hatte Melchior Mützel kein Talent für Bridge.

So war ich denn sehr erstaunt, vor acht Tagen plötzlich wieder eine Einladung zu bekommen. Ganz in der alten, etwas feierlichen Form. Auf goldgeschnittener Visitenkarte: Melchior Mützel erlaubt sich ...

Clemens empfing mich in tadelloser Livree. Aber ein schwermütiger Ernst lagerte um seinen sauber rasierten Mund.

„Haben Sie Trauer bekommen, Clemens?“ erkundigte ich mich teilnahmsvoll.

„Ich danke Herrn Doktor für die gütige Nachfrage. Meine werte Familie befindet sich, den Kriegsumständen angemessen, wohl.“ Damit öffnete er die Flügeltür und rief meldend meinen mir bereits bekannten Namen. Aber diesen Namen sprach er nicht so triumphierend, wie sonst.

Melchior Mützel begrüßte mich mit etwas betonter Herzlichkeit. Versicherte, daß ich sehr nette Herren kennen lernen werde, und daß ich mich gewiß freuen werde, mit ihnen einen Abend zu verbringen.

Hierin irrte Melchior Mützel. Die Herren machten mir weder durch ihre Unterhaltung, noch durch ihre etwas befremdlichen Tischsitten besonderen Spaß. Links neben mir saß ein sommersprossiger Kavalier, der zum Frack eine lilafarbene eiserne Kravatte angelegt hatte, die er durch ein paar unechte, aber große Brillanten zu schmücken glaubte. Auf meiner rechten Seite hatte ein Herr Platz genommen, der seine linke Hand immer krauend im schütteren Vollbart hatte und mir erzählte, daß ihm diese Angewohnheit geblieben sei, seit er sich mal aus Italien eine Bartflechte mitgebracht. Mir gegenüber hockte klein, dick und ungemein gefräßig ein Kavalier, der eine rötliche Haarwelle sich mit einer verschwenderischen Fülle von Pomade in die niedrige Stirn gekämmt hatte. Er nahm zuweilen die Watte aus dem Ohr, um besser hören zu können, wie ihm sein Nachbar Zweck und Sinn der Obstkernsammlung erläuterte.

Ich gedachte wehmütig aller der Contes, Grandes, Exzellenzen, Eminenzen und Durchlauchten, die ehemals diese Tafel zierten, und fand mich in den Gesichtern dieser neuen Tischgenossen so wenig zurecht, wie in ihren Reden. Und jedesmal, wenn Clemens mir eine Schüssel reichte, glaubte ich in seiner umflorten Miene eine Trauer zu lesen über die Veränderlichkeit alles Irdischen.

Die Unterhaltung kam erst nach Genuß eines sehr jungen deutschen Sektes, auf dessen Streifband ich las: „Flaschengärung garantiert", in rascheren Fluß. Sie drehte sich um Schinkenpreise, Mohrrüben, Raupenplage, Eichelkaffee, Lichtersparnis, Maulkorbzwang, Valuta, Preißelbeeren, den Wintergarten und die Einfuhr von Schweizer Käse; und stand nicht ganz auf der Höhe jener Tischgespräche, die hier einmal von Abenden bei Bismarck, Reisen durch Tibet, maurischer Baukunst, Orchideenzucht, Richard Strauß, den Sirius-Nebeln, Maeterlinck, Elchjagd und Spinozza gehandelt hatten.

Nach Tisch zog ich mich, mit den Räumlichkeiten des Hauses wohl vertraut, in ein kleines Bibliothekzimmer zurück, beschloß, hier eine Zigarre zu rauchen und dann Clemens zu bitten, mich über die Hintertreppe zu entlassen. Da kam Melchior Mützel auf leisen Sohlen durch die Portiere.

„Dacht' ich mirs doch," tadelte er, „Du ziehst Dich

zurück. War das Essen Dir nicht gut genug —? Mein Gott, wir haben Krieg!"

„Ist mir auch schon aufgefallen. Aber sag' mal, Melchior, Deine Gäste ... was sind das eigentlich für Leute?"

„O bitte, sehr achtbare Herren —"

„Natürlich. Mit sibirischen Sträflingen mich zu Suppenhühnern einzuladen, wirst Du nicht die Unverschämtheit haben."

Er lachte gezwungen. „Spaß — Spaß! Nein wirklich sehr achtbare ... Natürlich solche Leute, wie früher, mein Gott, das hat jetzt keinen Sinn, nicht wahr. Der Glanz des Umganges allein macht's nicht mehr. Aber wie haben die Stangenspargel geschmeckt, was?"

„Die waren sehr gut —!"

„Siehst Du. Die sind von Deinem Nachbar zur Linken. Der Sommersprossige, ja, der die lila Kravatte ... Ja, das ist nämlich ... ja, wie soll ich sagen, ein angesehener Kaufmann, ja. Sein Laden ist ja nicht groß — hier gerade um die Ecke; und früher — ja, da hab' ich eigentlich nicht bei ihm gekauft ... Aber wir sind befreundet geworden ... wie man das so im Krieg ... So hab' ich immer noch Spargel, ja, und oft Artischocken und — aber: pst! — Kartoffeln gehen mir nie aus."

„Ach so. Und wer war der Herr auf meiner Rechten? Der immer mit der Hand im Bart kratzt und —?"

„Oh, der — also ein prächtiger Mann! Nein, den solltest Du näher kennen. Er hat drei Straßen von hier eine kleine Kohlenniederlage, und seine Briketts ..."

„Sind ausgezeichnet, wie sein Charakter. Ich bin im Bilde. Und der Herr mir gegenüber? Der mit der gräßlichen Pomade in der Fuchstolle —?"

„Sag' nichts gegen die Pomade! Die bezieh' ich durch den etwas verwachsenen Herrn mit der Glatze, der am Kopfende saß — auch Seife, französische noch, hat er — aber: pst! — — ja so, der Herr Dir gegenüber, der Dicke, der so viel spricht ...?"

„Spricht — ist mild ausgedrückt. Aber wer ist das?"

„Ja, siehst Du — das ist ein sehr wichtiger Mann. Wer schafft morgens all die Reste unserer Mahlzeit weg? Die Küchenabfälle und die Kartoffelschalen und die Kohlenschlacken ..."

„Doch nicht — —?"

„Na, natürlich nicht er selbst! Aber er ist der Direktor eines Abfuhr-Unternehmens, verstehst Du. Und wenn man mit dem nicht gut steht — die Leute verteilen ‚Gnaden' jetzt, nicht wahr — Sie heben regelmäßig nur das Geld ab — dafür stellt ihnen die Stadt oder der Staat russische Gefangene — aber sonst: wie es ihnen beliebt ... Und wenn man den Direktor kennt —"

„Kennt? Du scheinst mir befreundet?"

„Tja — eigentlich war es ein Bekannter von Clemens. Aber — wie das so kommt ... im Krieg, nicht wahr ... Du mußt Dich nicht wundern nachher — gerade vorhin — er hat ein bißchen viel getrunken — gerade vorhin hat er mir das trauliche ‚Du' angeboten ..."

Abu Hassan und der Gärtner

(Ein türkisches Märchen.)

Es war aber ein Mann, der hieß Abu Hassan und wohnte in Mesopotamien. Und er war reich; denn in seinen Gärten wuchsen Bananen und Datteln in Büscheln und grüne Mandarinen und Birnen in allen Farben. Und von Aleppo bis Kairo und von Damaskus bis ins Land Hind wußten sie, wie reich Abu Hassan war.

Da kam eines Tages ein Mann, der war nicht schön anzusehen aber sehnig und sprach eine fremde Sprache, die klang, als hätte er heißes Sesamöl im Munde und gurgle damit seinen Rachen. Sprach der Mann: „Ich heiße Engli-Schmänn; siehe, ich will Dein Freund sein und Dein Gärtner. Laß' mich die Bananen besorgen und Datteln in Büscheln, und grüne Mandarinen und Birnen in allen Farben!"

Und Allah — erhöht und erhoben — ist gütig und langmütig und hat die Gütigen und die Langmütigen gern. So einer war auch Abu Hassan und er sprach: „So Du ein guter Gärtner bist, sollst Du mein Freund sein, o Engli-Schmänn. Du wirst keine Not haben und sollst auch genug Dinare verdienen für Deine Arbeit!" Und als er so gesprochen hatte, wendete er sich nach Mekka und verrichtete seine Gebete, ohne sich um den redlichen Freund zu kümmern.

Aber der redliche Freund ließ sich von Abu Hassans Dienern einen Beutel mit Dinaren geben und sagte: „Euer Herr will es so." Dann schleppte er Säcke herbei und Kisten und tat alles hinein, was er von Früchten ernten konnte: Bananen und Datteln in Büscheln, und grüne Mandarinen und Birnen in allen Farben.

Und als alle Kisten gepackt waren, zog er nächtens die Kamele aus Abu Hassans Stall und belud sie mit den Kisten. Und er ließ die Kisten von den Kamelen zum Tigris tragen an ein Boot, das dort bereit lag, und sprach zu den Dienern Abu Hassans, die helfen mußten, abermals: „Euer Herr will es so."

Und eine ganz große Kiste mit einem Gitter davor lud er aus und sagte: „Das wird das Wohnhaus werden für meinen Freund, Euern Herrn Abu Hassan."

Und die Diener hinterbrachten das Abu Hassan, ihrem Herrn.

Da sprach Abu Hassan: „Allah — er sei erhöht und erhoben — ist gütig und langmütig und hat die Gütigen und Langmütigen gern. Aber er hat nicht gern, die sich übertölpeln lassen und ihren Freunden all ihr Gut geben, daß sie es verkaufen auf fremden Basaren."

Und als Abu Hassan sich also besonnen hatte, was Allah wollte, warf er seinen Freund Engli-Schmänn aus seinem Hause in Mesopotamien.

Dieser aber rieb sich die Stelle hinten am Körper auf die er hart gefallen war, und schrie und klagte: „Was ficht Dich an, daß Du Deinen Freund und Gärtner also hart anfassest? Ich bin schon Freund und Gärtner der halben Welt geworden und keiner hat so an mir gehandelt!"

Da dachte Abu Hassan über die Worte nach, die der hinausgeworfene Gärtner geäußert hatte, und sprach: „Als Allah die Welt schuf, sagte er: Einer muß anfangen. Wohlan denn, mein Freund, ich weiß, Allah — er sei erhöht und erhoben — ist gütig und langmütig und hat die Gütigen und Langmütigen gern. Aber man muß auch anfangen können, aufzuhören langmütig zu sein. Siehe, Freund und Gärtner Engli-Schmänn, Du Mann des Geldes und der Kisten, ich — habe angefangen. Und wenn mich nicht alles trügt, wirst Du's bald erleben, daß andere bald tun, wie ich. Und Allah wird sie segnen, denn er liebt die Lotosblumen und die Palmenwälder und die bunten Vögel, aber er mag nicht die grimmigen Wölfe, die ungetreuen Freunde und die Gärtner, die alle fremde Frucht auf gestohlene Kamele laden!"

Der patriotische Zeuge

Der Vorsitzende: Zeuge Redlich, was ist Ihr Beruf?

Der Zeuge: Ich bin Kaufmann. Aber das spielt hier keine Rolle. Als ich zu Frau Kupfer ging, war ich nur Patriot. Das Dienstmädchen in der ersten Etage, das damals gerade den Schellenknopf putzte, kann mir gewiß bestätigen, daß ich im Treppensteigen „Deutschland, Deutschland über alles“ vor mich hinsang.

Der Vorsitzende: Wir unterstellen das als richtig. Aber haben Sie, Herr Zeuge, oben — bei Frau Kupfer — auch nur patriotische Lieder gesungen?

Der Zeuge: Nein. Frau Kupfer ist unmusikalisch. Wir haben von patriotischen Dingen geredet.

Der Vorsitzende: Von Geschäften?

Der Zeuge: So schroff möchte ich das nicht ausdrücken. Frau Kupfer sprach beweglich von der Lebensmittelknappheit, und wie sie dieser zu steuern bemüht sei durch ihre Beziehungen!

Der Vorsitzende: Durch was für Beziehungen?

Der Zeuge: Einerseits zu Exzellenzen und Grafen und kommandierenden Generälen — andrerseits zu Käsehändlern und Specklieferanten. Da hielt ich es für eine patriotische Pflicht, mich zu beteiligen. Ich sagte, soviel mir erinnerlich ist, ich hätte voriges Jahr den Niederwald besucht und dort vor dem hohen Standbild der Germania mir den Schwur getan —

Der Vorsitzende: Lassen wir mal die Germania! Sie haben tausend Mark eingezahlt?

Der Zeuge: Eigentlich nicht „eingezahlt". Ich habe sie Frau Kupfer übergeben und gesagt: „Lindern Sie damit die Not im deutschen Bürgerhause, liebe, edle Frau —!"

Der Vorsitzende: — und geben Sie mir Prozente!

Der Zeuge: Diese Wendung ist mir nicht erinnerlich. Sie mag mit untergelaufen sein; aber, wie gesagt, in erster Linie stand —

Der Vorsitzende: Die Germania? Schön. Und wieviel Prozente bekamen Sie?

Der Zeuge: Im ersten Monat, denk' ich, wurden mir zwanzig angeboten —

Der Vorsitzende: Angeboten? Sie haben sie nicht genommen?

Der Zeuge: Herr Präsident — ich bin ein Patriot. Ich habe zu Frau Kupfer gesagt: „Edle Frau," hab' ich gesagt, „diese vierhundert Mark . . ."

Der Vorsitzende: Vierhundert —? Also waren vierzig Prozent!

Der Zeuge: Oder das. Also: „diese vierzig Prozent kann ich nicht nehmen. Meine deutschen Gefühle verbieten mir . . ."

Der Vorsitzende: Sie haben die Zinsen also — stehen lassen? Nun behauptet Frau Kupfer und auch andere Zeugen, Sie hätten aber später für die tausend plus vierhundert Mark eingelegtes „Kapital" fünfundvierzig Prozent monatlich verlangt.

Der Zeuge: Diese Wendung ist mir nicht erinnerlich. Sie mag mit untergelaufen sein. Wir sprachen dann von einem Abendessen bei Aschinger.

Der Vorsitzende: Sie meinen: bei Adlon.

Der Zeuge: Sollte es „Adlon" gewesen sein? Richtig — ja. Es war wegen der Beziehungen der Frau Kupfer, daß wir Adlon wählten statt Aschinger.

Der Vorsitzende: Die „Beziehungen" sollten dorthin kommen? Sie waren unsicher geworden und wollten die angeblichen Hintermänner sehen.

Der Zeuge: Herr Präsident — solche Worte tun weh. Ich wollte die Gelegenheit benutzen, einer Exzellenz, die gewiß Großes geleistet hat, sonst wäre sie es nicht, meine Verehrung zu bezeugen. Ich hatte damals auf dem Niederwald . . .

Der Vorsitzende: Verlassen wir den Niederwald — auch andere Zeugen haben uns schon dahin geführt — und reden wir von jenem Frühstück bei Adlon. Die Exzellenzen kamen nicht?

Der Zeuge: Leider nein. Es kam ein anderer sehr distinguierter Herr.

Der Vorsitzende: Das ist der Zeuge Lehmann — der wollte auch die Exzellenzen sehn. Bei dieser Gelegenheit erfuhren Sie, daß Lehmann fünfzig Prozent bekäme und waren sehr böse — —

Der Zeuge: „Böse?" Böse ist nicht der rechte Ausdruck. Ich war wehmütig berührt. Meine vaterländische Gesinnung war doch sicherlich nicht schlechter, als die des

Herrn Lehmann, der nicht einmal, wie ich, seine Zinsen stehen ließ!

Der Vorsitzende: Die haben Sie ja im folgenden Monat, als Sie auch fünfzig Prozent bekamen, auch abgehoben.

Der Zeuge: Ich habe dafür Frau Kupfer andere Kapitalisten zugeführt, da es mir eine patriotische Pflicht schien, auch andere an diesem Werk mitarbeiten zu lassen.

Der Vorsitzende: Dafür haben Sie fünfzehntausend Mark Provision bekommen.

Der Zeuge: Man hat mir ein „Ehrenhonorar" ausgesetzt, das ich, ohne zu beleidigen, nicht ausschlagen konnte.

Der Vorsitzende: Dieses von Ihren Geldgebern eingelegte Kapital wurde Ihnen nun monatlich mit sechzig Prozent verzinst. Abgeliefert davon haben Sie aber nur zehn Prozent. Was haben Sie mit den andern fünfzig Prozent gemacht?

Der Zeuge: Ich glaube eine großzügige deutsche Propaganda in Südamerika. Ich wollte dort persönlich ...

Der Vorsitzende: Sie können doch jetzt — mitten im Krieg — nicht nach Südamerika ...

Der Zeuge: Ich wollte mich reklamieren lassen.

Der Vorsitzende: Es gehen aber doch gar keine Schiffe.

Der Zeuge: Das erfuhr ich leider auf dem Bureau

des „Lloyd" an dem Tage, da Frau Kupfer verhaftet wurde.

Der Vorsitzende: Mit was hat denn eigentlich Frau Kupfer nach Ihrer Ansicht das viele Geld verdient?

Der Zeuge: Es sollte der ärmeren Bevölkerung die Auster als Nahrungsmittel zugänglich gemacht werden, hatte ich gehört. Und dann, als ich einmal bei Frau Kupfer zu einer musikalischen Soirée war — es war sehr schön, das patriotische Lied Ringel-Reigen-Rosenkranz wurde im Chor gesungen — da roch es sehr schlecht auf dem Korridor. Frau Kupfer sagte, der Geruch käme von Fischen, die sie aus Skandinavien für die türkische Armee bezogen.

Der Vorsitzende: So weite Verbindungen hatte Frau Kupfer?

Der Zeuge: Oh, noch viel entferntere!

Der Vorsitzende: Wie hoch waren nun wohl Ihre Gewinne, als Frau Kupfer verhaftet wurde?

Der Zeuge: „Gewinne" möcht' ich das nicht nennen. Man darf nicht vergessen, ich hatte tausend Mark eingezahlt, ich hatte Freunde für die Sache begeistert, ich hatte bei Adlon Zeit verloren, ich hatte mich an Kranzspenden für Künstler beteiligt — da spielen schließlich die hundertfünfzigtausend Mark, die ich, vielleicht, ausbezahlt erhielt, keine Rolle.

Der Vorsitzende: Aus den Büchern geht aber hervor, daß es eine Million fünfmalhunderttausend Mark waren!

Der Zeuge: Gott, Herr Präsident! — ein Nüllchen mehr! Man irrt sich so leicht in diesen prosaischen Dingen, wenn man immer nur den großen idealen Zweck im Auge hat. Als ich damals auf dem Niederwald der Mutter Germania ins treue Auge ...

Der Vorsitzende: Ich bitte nicht auf den Niederwald zu entgleisen. Wir sind hier in Moabit. Heben Sie die rechte Hand hoch: „Ich schwöre —"

Der Zeuge: Ich schwöre —

Das Übungsbuch

Die Staatsmänner der Entente können sich nicht ganz leicht miteinander verständigen, weil die Engländer kein Französisch, die Franzosen kein Englisch, die Russen kein Italienisch, die Italiener kein Serbisch und die Serben nur durch die Nase sprechen.

Es wird deshalb jetzt auf Betreiben von Lloyd George ein „Übungsbuch" ausgearbeitet — gedruckt bei der Englischen Bibel-Gesellschaft — das, in alle Sprachen der Entente und ihrer vielfarbigen Hilfsvölker übersetzt, eine Verständigungsmöglichkeit zwischen den Verbündeten anbahnen soll. Wie praktisch das Übungsbuch die sprachliche Belehrung mit der allgemeinen Vertiefung des Wissens und Empfindens zu verbinden weiß, das mag aus dem folgenden, wahllos herausgegriffenen Lesestück deutlich werden:

Lesestück Nr. 25. Mein guter Onkel liebt die schönen Soldaten der Engländer. Die schönen Soldaten der Engländer fahren gern auf Schiffen. Auf Schiffen fährt man von Dover nach Calais. Calais ist eine schöne Stadt. Die Soldaten der Engländer lieben die schöne Stadt Calais. Was gute Menschen lieben, das verlassen sie nie.

Das Blut der Franzosen ist rot. Das rote Blut zu vergießen, ist eine Ehre für den tapferen Soldaten. Die guten Engländer ehren die tapferen Soldaten Frankreichs. Die tapferen Soldaten Frankreichs dürfen für

England ihr rotes Blut vergießen. Die guten Engländer bewahren den tapferen Soldaten der Franzosen ein gutes Angedenken.

Die großen Menschen beschützen die kleinen. Die kleinen Staaten werden von den großen Staaten beschützt. Wer seine kleinen Kinder lieb hat, der züchtigt sie. England hat die kleinen Nationen lieb. Die kleinen Nationen werden von England gezüchtigt. Die kleinen Nationen freuen sich, daß sie von England gezüchtigt werden.

Ein braver Mann hält immer sein Wort. Alle Könige sind brave Männer. Die Bürger haben ein kleines Ehrenwort, der König aber hat ein großes. Der Sohn des guten Humbert ist ein König. Der kleine König hält immer sein großes Ehrenwort. Wenn ein Bürger sein Wort bricht, dann ist er ein Lümpchen. Wenn ein König sein Wort bricht, dann ist er der Schwiegersohn des Königs von Montenegro.

Die Welt ist schön und fruchtbar. Es gibt Plätze, wo die Welt am schönsten und am fruchtbarsten ist. Auf einem toten Esel sitzen die Fliegen. Wo die Welt am schönsten und fruchtbarsten ist, da sitzen allemal die Engländer.

Viel Wissen macht Kopfweh. Kopfweh ist ungesund. Die reinlichen Russen sind ein gesundes Volk. Ein gesundes Volk hat nie Kopfweh. Ein Mann hat aber auch manchmal Kopfweh, weil er auf den Kopf gefallen ist. Der gute Zar hat oft Kopfweh. Es steht in der Zeitung, wenn der gute Zar Kopfweh hat. Die reinlichen

Russen erfahren das aber nicht. Die Russen können schön singen, aber nicht lesen. Man braucht nicht lesen zu können, um für den Zaren zu sterben. Wer gestorben ist, hat kein Kopfweh mehr. Das Väterchen ist Ehrendoktor der Medizin in Paris geworden. Denn das Väterchen hat es gemacht, daß viele Russen kein Kopfweh mehr haben.

Fiat Justitia!

Vor einem französischen Tribunal in Algier. Angeklagt sind der Deutsche Aloys Huber, gebürtig aus Treuchtlingen, der seit siebzehn Jahren in der Nähe des Hafentores einen Handel mit Datteln betrieben hat, seine Ehefrau Anna Huber, das zweijährige Söhnchen der beiden, Karlchen Huber, und die alte Kindsmagd Liesbeth Bröselmeier aus Büdingen.

Der Vorsitzende des Gerichtshofes: Sie heißen Huber?

Huber: Zu dienen, Aloys Huber, Kaufmann, evangelisch, vierundvierzig Jahre alt, seit siebzehn Jahren in Algier ...

Der Vorsitzende: Wie sind Sie nach Algier gekommen?

Huber: Zufällig. Mit dem Schiff. Es hat mir gefallen — auch war mein Geld alle. Da hab' ich einen kleinen Handel mit Datteln angefangen.

Der Vorsitzende: Mit frischen Datteln! Das ist sehr auffallend. Ich habe in der Statistik nachgesehen. Es gibt in Berlin, einer Stadt von drei Millionen, nicht einen Menschen, der mit frischen Datteln handelt.

Huber: Pardon, Herr Präsident, dort gibt's keine.

Der Vorsitzende: Was denn —? Drei Millionen gibt es dort!

Huber: Ja, Einwohner — aber keine frischen Datteln.

Der Vorsitzende: Sie haben nur zu reden, wenn Sie gefragt werden! Schreiber, protokollieren Sie: „... verdächtig — mit frischen Datteln gehandelt zu haben — was bei Deutschen sonst nicht vorkommt.“ Weiter! Angeklagter, wo lernten Sie die mitangeklagte Ehefrau kennen?

Huber: Auf dem Schiff.

Der Vorsitzende: Was war sie?

Huber: Seekrank.

Der Vorsitzende: Ich meine, hatte sie einen Beruf?

Hubert: Sie war Stewardeß.

Der Vorsitzende: Aha! Verkehrte also viel mit internationalem Publikum!

Huber: Gar nicht. Es war ihre erste Reise. Sie war sehr seekrank. Ich hielt ihr den Kopf und dann um ihre Hand an. Die Folge war —

Der Vorsitzende: Ihre Ehe in Algier.

Huber: Und der Junge, unser Karlchen.

Der Vorsitzende: Sehr seltsam. Wenn man in Deutschland einer Stewardeß den Kopf hält, dann ... Schreiber, protokollieren Sie: „Der Angeklagte macht einen sehr unglaubwürdigen Eindruck.“ Weiter! Das in Rede stehende Karlchen ist der dritte Angeklagte.

Huber: Ja. Gestern wurde er zwei Jahre.

Der Vorsitzende: Was er gestern wurde, interessiert uns hier gar nicht. Hier ist keine Geburtstagsfeier, sondern eine Gerichtsverhandlung.

Huber: Gestern war auch keine Geburtstagsfeier; denn Sie hatten uns ja, getrennt, in nasse Keller gesperrt.

Der Vorsitzende: Wir können die Untersuchungsgefangenen von Algier nicht im Pariser Elysée unterbringen. Weiter! Sie geben zu, in dem Verkehr mit ihrer Familie und mit der vierten Angeklagten, der Kindsmagd Liesbeth Bröselmeier, die seit Kriegsbeginn verbotene deutsche Sprache weiter benutzt zu haben?

Huber: Die Liesbeth versteht gar keine andere Sprache.

Der Vorsitzende: Das ist ihre Sache. Wir sind nicht da zu untersuchen, warum Verbrechen begangen werden, sondern ob sie begangen worden sind.

Huber: Verbrechen! Du lieber Gott, das zweijährige Kind versteht so viel Französisch, wie ein Maulesel.

Der Vorsitzende: Die Republik lehnt die Verantwortung ab, wenn Deutsche hier Maulesel in die Welt setzen.

Huber: Mit meiner Frau hab' ich immer Französisch gesprochen. Es war furchtbar, denn sie lernt's erst.

Der Vorsitzende: Aber mit dem Angeklagten Karlchen haben Sie zugestandenermaßen deutsch geredet? Sogar heimlich — der Wasserverkäufer Mustapha bezeugt, daß speziell das angeklagte Karlchen seiner Mutter etwas ins Ohr gesagt hat. Auf deutsch ins Ohr.

Frau Anna Huber: Ach, du meine Güte, was mir das Kind ins Ohr gesagt hat, das ist in allen Sprachen dasselbe.

Der Vorsitzende: Der Wasserverkäufer Mustapha hat beschworen, daß das geflüsterte Wort mehrere Vokale enthalten habe.

Frau Anna Huber: Überhaupt bloß zwei Vokale ... Ach, Herr Richter, Sie sind doch auch mal ein zweijähriges Kind gewesen ...

Der Vorsitzende: Das ist möglich, gehört aber nicht hierher. Nach diesem Meinungsaustausch zwischen Ihnen und Karlchen, sind Sie beide — das beschwört neben dem Wasserverkäufer Mustapha noch der Fez-Bügler Ali — in ein Haus verschwunden — in besonders eiligem Schritt verschwunden.

Frau Anna Huber: Ja, da wohnen gute Bekannte. Und das Kind ...

Der Vorsitzende: Ich glaube mich mit den beiden Herren Beisitzern — Schreiber, wecken Sie die Beisitzer! Es ist sehr heiß im Saal, meine Herren — immerhin, wir kommen zum Urteil. — Glaube mich also mit den beiden Herren Beisitzern durchaus einer Meinung zu finden: daß hier erstens der Paragraph, der verbietet, feindliche Sprachen zu reden, zweitens der Paragraph, der erwiesene Verschwörungen gegen die Sicherheit der Republik ahndet, erfüllt ist.

Die Beisitzer: Selbstverständlich.

Der Vorsitzende: Beratung mithin überflüssig. Das angeklagte Karlchen wird im Namen der Republik zu lebenslänglicher Zwangsarbeit verurteilt. Die Angeklagten Aloys Huber und Anna Huber werden zu ...

Was hat Ihnen das Kind jetzt wieder ins Ohr gesagt, Angeklagte Huber?

Frau Anna Huber: Dasselbe, wie damals.

Der Vorsitzende: Hm. Mir scheint — zu spät. Aufseher führen Sie das angeklagte Karlchen hinaus. Wir unterbrechen die Urteilsverkündigung um fünf Minuten. Schreiber, öffnen Sie so lange die Fenster!

Ich fahre nach Halle

(Traum eines Vielgereisten.)

I. Dialog. An der Sperre.

Halt, das ist ein falsches Billett!

Wieso denn, Knipser?

Sie müssen ein Billett nach Cassel haben!

Ja, ich fahr' doch nur bis Halle?

Nun ja, das ist doch die neue Verordnung: wer nach Halle fahren will, muß bis Cassel zahlen! — — —

Ich hole mir also ein Billett II. Klasse Berlin—Cassel.

II. Dialog. An der Sperre.

Halt! Sie haben ja nur ein Billett II. Klasse!

Jawoll. Ich fahre ja auch II. Klasse.

Ja, aber wenn Sie II. Klasse fahren, müssen Sie ein Billett II. und I. Klasse haben.

Schön, dann werd' ich mit meinem II.-Klasse-Billett IIIer fahren.

Das können Se nicht, dazu brauchen Se ein Billett IIIer und IIer.

Da soll doch gleich ...! — — —

Ich hole mir also einen Zuschlag Erster. Da aber nur ein Schalter auf ist und der Beamte, der die 280 Reisenden zu bedienen hat, seine Brille verlegt hat, so komme ich zu meinem Zug zu spät. Er ist fort.

III. Dialog. Mit dem Portier.

Mein Zug nach Halle ist weggefahren —

Ja. Wären Sie 5 Minuten früher gekommen, hätten Sie ihn vielleicht noch eingeholt.

Nun kann ich wohl 10 Uhr 18 —

Nee — der 10 Uhr 18 — der fährt jetzt um 4 Uhr 55.

Um Gotteswillen —! Sechs und eine halbe Stunde später —! Da komm ich überhaupt nicht mehr rechtzeitig nach Halle.

Sei'n Se froh — Halle ist so wie so nicht amüsant.

Was fällt Ihnen denn ein!

Tja — wir Beamte sollen das Publikum „aufklären". Damit nicht mehr so viel gereist wird.

Na, dann werd' ich also ein bißchen in die Stadt gehen —

Dann verfällt aber Ihr Billett. Das ist die neuste Verfügung.

Da soll doch —! Dann werd' ich eben im Wartesaal in der Restauration ...

Gute Unterhaltung — — —

Ich begebe mich in das Restaurant I. und II. Klasse. Ein Kellner ist nicht da, aber die Toilettenfrau vom Alexanderplatz, die ich zufällig kenne.

IV. Dialog. Mit der genannten Dame im Wartesaal-Restaurant.

Bedienen Sie jetzt hier, Frauchen?

Ja. Am Alexanderplatz, das war ja nichts mehr. Jetzt warten die Leute, bis sie zu Hause sind.

Hm — und Sie sind nun hier „Kellner-Ersatz"?

Ja — aber eh' ich Ihnen was geben darf, haben Sie eine Fahrkarte —

Zwei!

So, danke. Ohne Fahrkarte dürfen wir nicht — sonst kommen die Schlemmer von der Straße und —

Also, was kann ich denn haben?

Nu — wir haben Rüben-Suppe und haben Rüben-

Kotelettes — und haben Rüben-Pudding mit Rüben-Sauce — Sie können aber auch Rüben mit Zucker haben.

Ich habe aber Fleischmarken!

Müssen Se auch. Die gelten hier für Rüben.

Für — Rüben?

Ja, wir haben strenge Anweisung: keine Rüben ohne Fleischmarke. — — —

Ich esse also Rüben. Rüben in dreierlei Gestalt für sechs Fleischmarken. Dann spiele ich Domino mit der Toilettenfrau vom Alexanderplatz bis es halb fünf Uhr ist. Dann begebe ich mich auf den Perron für meinen Zug um 4 Uhr 55 nach Halle.

V. Dialog. Mit dem Zugführer.

Herr Zugführer — ist das mein Zug um 4 Uhr 55?

Jawoll — nach Hamburg.

Ich will aber nicht nach Hamburg, sondern nach Halle.

Ja, da müssen Se in Ludwigslust umsteigen und nach Lübeck fahren.

Ich bin doch nicht verrückt, — über Lübeck nach Halle — —!

Ob Sie verrückt sind, das kann ich nicht beurteilen. Aber es ist Verordnung: nach Halle muß über Lübeck gefahren werden.

Und nach Lübeck?

Über Halle.

Allmächtiger! Na, also schön — wo kann ich denn einsteigen?

In den Zug? Der is voll. Da sitzen die meisten schon seit gestern abend drin.

Ja, ich muß aber irgendwo einen Platz ...

Pst! ich will Ihnen was sagen — bleiben Sie ruhig da. Der Zug fährt wahrscheinlich gar nicht.

Gar nicht —?

Es ist nämlich 'ne Verfügung erlassen worden: wenn die Züge zu voll sind, sollen se gar nicht fahren.

Jetzt wird mir's aber zu dumm. Ich muß doch — — Also ich will den Bahnhofsvorstand sprechen! — — —

Ich finde — nachdem ich mich dreimal ausgewiesen — den Bahnhofsvorstand mit der roten Mütze. Die hat er mit vier Hutnadeln befestigt. Und ist überhaupt weiblich. Kurz angebunden, wie's Gretchen im „Faust".

VI. Dialog.

Mit dem Fräulein Bahnhofsvorstand.

Ah — Sie sind der Herr, der die Fensterscheiben in dem zweiten Wagen eingeschlagen hat?

Nein. Ich will —

Sie wollen wegen des Handkoffers reklamieren? Der bleibt beschlagnahmt. Da war doch Käse drin.

Nein — ich will nach Halle. Ich hab' jetzt schon drei Züge . . .

Nach Halle wollen Sie? Da gehen Sie am besten — sehen Sie dort drüben den Papierladen?

Wollen Sie mich uzen?

Nein. Aufklären. Wir sollen dahin wirken, daß für kürzere Entfernungen, wie Berlin—Halle, die Bahn nicht benutzt wird.

Ja, aber wie —?

Dort drüben in dem Papierlädchen bekommen Sie eine Wanderkarte — die is ausgezeichnet. Danach können Sie nicht fehl gehen. Mahlzeit!

Das merkwürdige Haus

Ich träumte.

Vor einem merkwürdigen Haus stand ich. Es schien fertig, längst fertig. Ja, da und dort zeigten sich schon Spuren eines gewissen, anständig getragenen Alters. Und doch — obschon alles an dem Hause fertig war und nichts fehlte — eine Menge von Arbeitern wimmelte durcheinander. War tätig, rief sich zu, schwitzte und sprach holländisch.

Hm. Also in Holland!

Schwer jetzt, dahin zu kommen. Aber mein Gott, im Traum, wo sind da die Grenzen? Wer belästigt uns da mit Fragen nach Paß und Handgepäck und Reisezweck. „Träumen ist an sich schon zwecklos", hatte ich an der Grenze zu dem blutjungen, holländischen Leutnant gesagt, der einem Verwandten von mir ähnlich sah.

Und jetzt stand ich vor dem Haus, an dem die vielen holländischen Arbeiter herumarbeiteten.

Ein Werkmeister stand in meiner Nähe. An ihn hielt ich mich in meiner Neugier.

„Was tun die Leute? Sie nageln ja die Fensterläden zu? Soll es nicht mehr bewohnt werden?"

„O doch, Mynheer, im Gegenteil: es hat lange leer gestanden. Aber jetzt ziehen Herrschaften ein."

„Ja, aber warum werden dann die Fensterläden vernagelt!"

„Damit nicht etwa — nun Sie verstehen: die Fenster sind hoch — man kann sich da leicht zu Tode fallen ..."

„Ja, sind denn kleine Kinder — —?"

„O nein," der Werkmeister lachte, „nur reife Männer, sehr reife, besonders reife sogar. Aber verstehen Sie — man kann doch auch plötzlich an den Beinen gepackt werden — der eine, meine ich, von dem andern — und dann fällt eben der eine aus dem Fenster und —" Er vollendete den Satz nicht; er rief zwei Arbeitern zu: „An den Treppensteinen die Kanten abschleifen — und die Kratzeisen wegnehmen! Besser schmutzige Stiefel, als — —" Und wieder zu mir gewendet, äußerte er: „Man weiß nie, in welchem Tempo — und von wem beschleunigt, so ein Mann plötzlich das Haus verläßt, nicht wahr?"

Der Werkmeister stieg die Treppe hinauf, und ich folgte ihm nachdenklich.

„An der Treppe links und rechts starke Leitseile," befahl der Werkmeister, „und hier den Pfosten dick mit Stoff überziehen — man kann sich leicht am Holz verletzen —"

„Ja, aber doch *nur*, wenn man fällt oder gestoßen wird", warf ich schüchtern ein.

„Eben drum", nickte der Werkmeister und schritt voraus in einen großen Saal, in dem eben ein paar Tapezierer damit beschäftigt waren, einen mordslangen Tisch mit grünem Tuch zu beziehen.

„Recht *fest* das Tuch spannen!" mahnte der Werkmeister stirnrunzelnd. „Es darf nicht möglich sein, das

Tuch herunter zu reißen! ... Und was bringen Sie da? Ah, schon Tintenfässer? Hm — nein, die eckigen nehme ich nicht. Es muß hier alles rund sein. Kanten sind gefährlich. Und dann — Glas? Das splittert leicht! Die Fässer müssen zum Einschrauben in den Tisch sein. Anders kann ich sie nicht brauchen ... Die Stühle? Gut. Schwere Sessel mit ganz kurzen Beinen — ist darauf gesehen, daß die Beine keinesfalls abzubrechen und etwa als Prügel zu verwenden sind?"

„Unmöglich, Herr Werkmeister."

„Gut. Und was haben Sie dort? Ah, die Landkarten! Sind es die unzerreißbaren?"

„Jawohl, Herr Werkmeister. Dreifach Leinen mit Draht durchspannt."

„In Ordnung also. Und wie ist es mit der Wasserkunst?" Dabei sah der Werkmeister nach der Decke. Unwillkürlich folgte ich seinem Blick. Und ich sah zu meinem Erstaunen an der schön mit geflügelten und sehr allegorischen Genien bemalten Decke lauter Röhren entlang laufen, die vor dem Leib dieser Genien lagen, wie das Gitter eines Käfigs. Und alle diese Röhren zeigten kleine Löcher, an denen einige Wassertropfen hingen.

„Ums Himmelswillen, was ist denn das für eine merkwürdige Vorrichtung?"

„Das ist der künstliche Platzregen — oder schon mehr: Wolkenbruch. Auf ein gegebenes Zeichen kann der Hausmeister durch eine einfache Kurbeldrehung in seiner Loge hier einen veritablen Platzregen niedergehen lassen. Einen Platzregen von einer Kraft, die einfach alles im

Saale in zwei Minuten völlig durchnäßt und die Menschen niederklatscht, wie nasse Fliegen. Ist das nicht großartig?"

„Großartig? Gewiß — — Das heißt: wie man's nimmt. Jedenfalls solche Vorrichtung in einem Privathause . . ."

„Aber das ist doch kein Privathaus. Sie sind doch im Haag, und das ist doch der Friedenspalast!"

„Ach so — und . . ."

„Ja, und irgendwann ziehen die Herren aus England und Deutschland und Frankreich und Österreich und Serbien hier ein — ein bißchen zu beraten. Ja, und für die Beratungen, da muß doch alles in Ordnung sein, nicht wahr. Und — —"

In diesem Augenblick hatte offenbar der Hausmeister irrtümlich oder zur Probe — die bewußte Kurbel gedreht. Ein Regen prasselte nieder, heftig, wärmlich und abscheulich. Ich riß den Tapezierern das grüne Tuch aus den Fäusten und wickelte mich hinein. Aber ich wurde immer nässer . . .

Irgendwo schlug eine Uhr. Siebenhundertmal, kam mir vor. Davon erwachte ich.

Ich lag in meinem Bett und hatte — gegen meine Gewohnheit — heftig transpiriert. Aber — da ich an Wahrträume glaube — ich weiß nun Bescheid im Haag. Und muß die Vorsicht loben.

Bücher von Rudolf Presber

Prosa-Bücher

Der Rubin der Herzogin. Humoristischer Roman .... 15. Aufl.
Die bunte Kuh. Humoristischer Roman .... 13. Aufl.
Die sieben törichten Jungfrauen. Humorist. Novellen 9. Aufl.
Der Don Juan der Bella Riva. Ein Geschichten-Buch 7. Aufl.
Von Leutchen, die ich lieb gewann. Ein Skizzen-Buch 37. Aufl.
Das Mädchen vom Nil. Novellen .... 6. Aufl.
Der Tag von Damaskus. Humoristische Novellen .. 7. Aufl.
Von Ihr und Ihm. Dialoge .... 7. Aufl.
An die Front zum Deutschen Kronprinzen .... 15. Aufl.

(Sämtliche Prosabücher erschienen in der Deutschen Verlagsanstalt, Stuttgart-Berlin.)

⁂

Vers-Bücher

Aus dem Lande der Liebe. Gedichte. J. G. Cotta'sche Buchhandlung Nachfl., Stuttgart-Berlin........ 10. Aufl.
Media in vita. Gedichte. Im gleichen Verlag ..... 6. Aufl.
Dreiklang. Ein Buch Gedichte. Im gleichen Verlag 4. Aufl.
Spuren im Sande. Neue Gedichte. Im gleichen Verlag 3. Aufl.
Aus Traum und Tanz. Im gleichen Verlag .... 3. Aufl.
Und all die Kränze. Im gleichen Verlag .... 2. Aufl.
Aus zwei Seelen. Neue Gedichte. Deutsche Verlagsanstalt, Stuttgart-Berlin.................. 2. Aufl.
Der Tag des Deutschen. I. und II. Teil. Deutsche Verlagsanstalt, Stuttgart-Berlin.............. 13. Aufl.
Die Brücken zum Sieg. Verlag Dr. Otto Eysler, Berlin 1. Tausend

Inhalt

www.ingramcontent.com/pod-product-compliance
Lightning Source LLC
Chambersburg PA
CBHW060802310726
48980CB00002B/206

* 9 7 8 3 8 4 6 0 7 7 7 5 7 *